ULTIMI

Massimo D' Aquino.

Gruppo Editoriale WritersEditor
www.gruppowriterseditor.it
direzione@gruppowriterseditor.it
Copyright©GruppoEditorialeWritersEditor2025
Finito di stampare nel mese di Giugno 2025

Prima parte

L'Africa è un continente composto da 54/55 stati, caratterizzati da diversità etniche, linguistiche, politiche e religiose e con rivalità tribali storiche che non trovano composizioni possibili, le quali, danno un'immagine di tante afriche, ognuna con una propria caratteristica dove le ipotesi di cooperazione, fra loro, sembrano impossibili da attuare. Ogni nazione di questo continente risente delle ripartizioni operate dalle nazioni europee. Questi stati, si sentono impoveriti nei confronti di quelli confinanti ed ognuno di loro reclama una parte della richezza che è stata sottratta, con criteri divisori, i quali, non hanno tenuto conto della storia, delle tradizioni dei popoli che hanno subito questa ripartizione.

Le dispute, in Africa, sono lunghe e si perdono nel tempo. Le soluzioni momentanee diventano definitive e nei campi profughi si formano agglomerati umani sempre più vasti e popolosi, fino a contenere centinaia di migliaia di rifugiati su di un fronte lungo centinaia di chilometri. Il campo racchiude un'umanità che ha bisogno di tutto, dai generi alimentari, ad un presidio sanitario, a centri di formazione scolastica, fino ad una rete fognaria, necessaria per aginare epidemie sempre più virulente e letali.

Proprio questa parte del territorio congolese, la più ricca del continente africano di oro, petrolio e terre rare, genera rivendicazioni territoriali da parte delle nazioni confinanti, le quali hanno dato origine ad una violenta conflittualità, tutt'ora in corso. Gli abitanti di queste nazioni sono costretti ad allontanarsi dai luoghi di appartenenza e trovare sistemazioni alternative, prima di essere vittime, delle rappresaglie violente e brutali, dei conflitti armati, fra gli stati confinanti. Quest'ultimi, seppure circoscritti, colpiscono in modo indiscriminato, gli abitanti del posto e allora si abbandonano i luoghi dove si è nati, prima di diventare il tributo umano, alla barbarie della guerra.

Mi chiamo Patrick Sukuromo, e sono nato nel campo profughi di "Bedi-Bedi", nel nord dell'Uganda. Quest'ultimo è considerato il più grande agglomerato umano, dove sono confluite popolazioni del Sudan, del territorio del Kivu, del Burandi e del Ruanda, tutte confinanti con il nord-est del Congo. Tutt'ora non so dire se il luogo della mia nascita è stato nel Congo, o questo territorio apparteneva all'Uganda, ma in questa propaggine territoriale ho trascorso l'infanzia, la fanciullezza e l'adolescenza. Le figure parentali sono state mia madre e la nonna. Con loro sono cresciuto, anche se, ogni tanto vivevano con noi, alcuni parenti, ma da molto tempo non si sono fatti più vedere.

Devo dire che, quando erano nella nostra tenda, non mi accordavano nessun momento di affettuosità. Avevano una ritrosia nel manifestare tenerezza verso un bambino e mia nonna non sapeva giustificare.

Mia madre con la nonna, erano sempre presenti, provvedevano al mio sostentamento nei limiti di ciò che trovavano nei mercati allestiti senza un giorno prestabilito e all'improvviso. La nostra passeggiata, fra i banchi degli espositori, suscitava la mia curiosità e non sempre era possibile comprare prodotti necessari alla nostra alimentazione. Sovente si sopperiva con prodotti spontanei della terra, come tuberi e piante a foglia larga, che solo la memoria della nonna, riusciva a riconoscere, come commestibili. Quest'ultima, insieme con mia madre ed altre donne del campo, si spingevano verso la grande città, distante qualche chilometro, per cercare, nella discarica di tutto, dal vestiario a qualsiasi utensile che poteva servire nella tenda. Ma, la ricerca primaria era il cibo, costituita da avanzi alimentari lasciati dagli abitanti, ma anche dalle centinaia di turisti attratti dalla zona dei grandi laghi.

Proprio quest'ultimi, partecipavano ai safari fotografici, con la possibilità di vivere un'esperienza molto emozionante, quale, quella di assistere alla lotta per la sopravvivenza, fra prede e predatori. Il Nilo Alberto, come l'omonimo lago, erano vicini al settore delle nostre tende, e questo dava a noi la possibilità immediata di raggiungere i luoghi dove venivano scaricati i rifiiuti. Nessuno si accorgeva della nostra situazione, eravamo popolazioni al limite della civiltà, ma anche periferia estrema del mondo, cercando nelle discariche a cielo aperto, ciò che ci necessitava, ingaggiando dispute con i grandi uccelli ed altri animali randagi e selvaggi.

Sempre ai margini ed ultimi

Intorno all'agglomerato originario, dove vivevo, se ne aggiungevano altri fino a farlo diventare un campo enorme, in cui molte famiglie si rifugiavano nella speranza di trovare la solidarietà che, nei loro paesi, non avevano. La continua espansione del campo ci accomunava ad un adattamento forzato, e tutti noi speravamo, ogni giorno, nelle sempre più ridotte forme di aiuto internazionali, le quali, riuscivano, ad essere appena sufficienti per, soddisfare le esigenze, della metà dei residenti, di questo territorio.

Non erano giorni tranquilli.

Le dispute, per accaparrarsi porzioni di cibo, erano continue e chi le provocava riteneva, suo diritto, pretendere di scavalcare chi aveva esigenze maggiori delle proprie. Vi era la necessità, di costituire dei turni di approvvigionamento, cioè una parte del campo veniva rifornito un giorno e l'altra parte, il successivo. Ma la mancanza di rifornimenti giornalieri faceva saltare ogni tipo di organizzazione. Quando arrivavano gli aiuti, eravamo tutti bisognosi, nella stessa misura, ed allora i conflitti, le dispute e gli accaparramenti continuavano.

Crescendo le mie esigenze, non rimanevano ferme a quelle dell'anno precedente. Sentivo che qualcosa in me cambiava e questo mutamento non mi rendeva adattabile alla situazione in cui vivevo: avevo bisogno di più e d'altro. Non volevo uniformarmi, ai miei coetanei, i quali privi di aspirazioni o rassegnati, continuavano a strappare con le unghie e con i denti il necessario per vivere. Era dura la vita in questo modo, ma la paura di uscire da questo campo ed affrontare il viaggio, alla ricerca di un posto alternativo, mi spaventava.

Sono in questo luogo e parlo la mia lingua madre: il francese. Quest'ultima, non è comune a tutti quelli che vivono in questo agglomerato umano. Le lingue locali, gli idiomi e i linguaggi tribali spesso rappresentano una barriera, e la comunicazione, a gesti, era l'unica possibilità per intenderci fra di noi.

Sapevo appena leggere. Ho imparato, chiedendo a chiunque fosse in grado di darmi l'aiuto necessario, per poter comprendere, cosa era scritto, sui fogli dei giornali, che trovavo nel campo. Quasi sempre italiani, francesi ed inglesi. Con l'arrivo di una missione umanitaria italiana, voluta dai padri comboniani, ho frequentato dei corsi di alfabetizzazione, adesso parlo, scrivo e leggo in italiano.

Non ero pronto, tutto mi sembrava difficile, spaventoso e spesso mi venivano alla mente i ritrovamenti, di persone del campo, morte per la fame o uccise, dalla fame di qualche predatore, che aveva colto la favorevole occasione di un pasto. Tutto questo mi scoraggiava, ma non volevo scivolare nella rassegnazione, sarebbe stato un errore fatale da non commettere. Lo scivolamento nell'oblio, presenta una risalita difficile e non sempre garantisce la soluzione definitiva da questo particolare tipo di angoscia. Eppure, sentivo dentro di me, una spinta e un desiderio di uscire, in modo definitivo, da questo luogo.

Da un po' di tempo si presentavano dei reclutatori di manodopera da impiegare per ogni tipo di lavoro fuori dal campo profughi. La selezione era molto dura, ed essa, aveva come parametro selettivo, la robustezza fisica. Ma le condizioni di vita del campo non assicuravano, per nessuno, questo requisito. Si optò così in base all'età anagrafica. Più si era giovani, maggiori erano le possibilità di essere reclutati. Proprio in virtù di questo requisito anagrafico sono stato scelto.

Quale lavoro dovevo svolgere lo avrei saputo, solo quando venivo portato sul posto per iniziare la mia giornata lavorativa. I reclutatori, dal giorno in cui sono stato scelto insieme ad altri, ci hanno portato nei pressi di una città del Congo distante circa 70 km dal campo profughi, in un'azienda mineraria americana. Quest'ultima estrae "terre rare" per un'industria che produce componenti per la telefonia mobile. I minerali estratti sono una delle ricchezze del Congo. Infatti, oltre ad essere un territorio ricco d'oro, diamanti e petrolio, il sottosuolo congolese, abbonda di "terre rare", quali, il Coltan e la Tantalite. Minerali questi, molto richiesti dalle industrie informatiche di buona parte del mondo. Proprio questi minerali hanno causato conflitti sanguinosi e violenti fra le imprese locali e quelle estere. Alla fine, il governo del Congo, ha sancito che questa ricchezza fosse estratta da aziende minerarie estere, in quanto garantivano, allo stato congolese, una ricchezza senza costi.

Le miniere distavano circa 70 Km dal campo, e le condizioni di lavoro erano molto pressanti e faticose. Avevo diritto a pause di lavoro programmate, per bere da una borraccia che ci veniva consegnata all'ingresso, e per mangiare una razione alimentare abbondante, comprensiva di una prima colazione (breakfast) e di un pranzo (lunch). Tutto questo fornito dalla società mineraria. Il compenso era determinato da quante ore di lavoro effettuavo. Il mio, si aggirava, per dieci ore continuative, intorno ai 100 franchi congolesi, che al cambio corrispondevano a cinque dollari. Può sembrare poco, ma era una cifra notevole per alimentare la speranza di realizzare il mio progetto di lasciare il campo.

Dopo qualche anno, che lavoravo, in questa azienda mineraria americana, oltre al francese, mia lingua madre, ho imparato l'inglese, e perfezionato una buona capacità di dialogare in italiano. Ero migliorato nella lettura, diventando un lettore accanito di giornali e riviste, ma soprattutto guardavo le foto di uomini e donne che vivevano in città per me da sogno. Case, strade e negozi erano rappresentati in modo scintillante e mettevano la voglia di essere in quel contesto urbano dove la vita, di ogni cittadino, aveva un corso senza gli affanni che vivevo nel campo profughi. Alle volte mi fermavo a guardare foto di donne bellissime e non sapevo se erano reali o era una costruzione fotografica per attirare l'attenzione a leggere l'articolo scritto. L'azienda mineraria dove lavoro, mi dà la possibilità di essere collegato con un mondo lontano, privo di ogni assillo immediato, garantendo ad ognuno di loro il benessere esistenziale. La voglia di tornare al campo era divenuta meno pressante, affievolendo ogni giorno, il bisogno di ritrovare le origini. Tornavo da mia madre e dalla nonna, le quali, aspettavano il mio rientro per avere quella minima parte di aiuto alimentare, rappresentato dal pasto che conservavo, per loro. Rispetto agli altri, i miei cari, godevano del raro privilegio di nutrirsi tutti i giorni, ed avevano qualche franco da spendere presso i venditori ambulanti che visitavano il campo. Non so quanto sarebbe durato, ma per il momento costituiva il freno ad ogni mia decisione di lasciare il campo.

Nell'amministrazione dell'industria mineraria, venivano conservati i miei risparmi e con mia sorpresa, il totale accantonato, consisteva nella somma di 5000 dollari, dopo quattro anni di lavoro.

Continuavo ad inseguire il mio sogno di lasciare l'Africa. Sentivo dentro di me un impulso che non riuscivo a contenere. Quando, ogni sera, tornavo al campo la voglia di prendere altre strade, che mi avrebbero portato lontano, doveva essere repressa. Diventava un pensiero difficile e doloroso, soprattutto sul come, quando e con chi dovevo prendere la decisione di lasciare il campo. Decidere di partire per un viaggio senza nessuna certezza di riuscita mi spaventava molto. I margini di rischio non erano quantificabili, molte cose erano lasciate al caso e niente faceva supporre che il viaggio lo avrei concluso come pensavo.

I racconti del campo non incoraggiavano molto!

Si sapeva di gente partita, e da allora un silenzio impenetrabile avvolgeva la storia di ognuno di loro. Che fine avevano fatto? Erano riusciti a raggiungere le coste italiane? Non si sapeva nulla. Il viaggio rimaneva l'aspirazione segreta di ogni singolo abitante del campo, ma la paura era la sensazione predominante e smorzava molti entusiasmi. A quest'ultima, si aggiungeva la mancanza di concrete possibilità economiche per pagare i "rais" locali che organizzavano l'esodo. In questo caso non sapevi né come, né quando, né da dove sarebbe avvenuta la partenza.

Certi giorni, dopo una giornata di lavoro, rientrando nel campo, mi veniva di pensare alla mia vita, fatta di un niente assoluto. Ero fuori dalla mia tenda, dieci ore al giorno, considerando le due ore di viaggio, d'andata e ritorno, io vivevo fuori dal campo dodici ore. Otto ore le dormivo, le rimanenti, le trascorrevo in fila per riempire la tanica d'acqua per gli usi domestici e personali. Non era facile avere un minimo di socialità. Purtroppo, erano i nostri bisogni a produrre l'avidità, la quale, toglieva molto alla comunicazione e al rapporto sociale. Tutto si basava su chi era prima o dopo. Spesso, la tendenza a prevaricare era molto frequente, portando inevitabilmente, a degli scontri con aggressioni di una violenza inaudita. Non volevo questa vita, ma non avevo niente che mi consentisse qualcosa di diverso.

Ero molto stanco.

Un giorno, di ritorno dal lavoro, il furgone su cui viaggiavo, fu fermato da militari congolesi, poco prima di entrare nel campo. Fecero scendere tutti dal veicolo e ci hanno domandato, ad ognuno di noi se eravamo abitanti del campo. Alla nostra risposta affermativa, uno dei militari mi ha chiesto, dove alloggiavo, gli ho indicato il settore dove era la tenda con i miei familiari. Nel sentire quanto gli dicevo, il soldato chiamò un graduato, quest'ultimo mi fece accomodare sotto un gazebo, montato quel giorno, e mi comunicò di attendere il primo medico che si sarebbe liberato per avere delle informazioni. Non aggiunse altro. Il pensiero fu per mia madre e la nonna, forse una delle due aveva avuto un malore. Poteva essere questo il motivo dell'intervento sanitario, ma non spiegava lo schieramento così numeroso di tanti militari.

Nell'attesa, vedevo un continuo via vai di furgoni militari, senza finestrini che entravano ed uscivano dal campo. Ero assalito dalla tensione, ma anche da una grande preoccupazione che fosse accaduto qualcosa a mia madre e alla nonna. Non era una atmosfera tranquilla, e il gazebo dove mi avevano detto di aspettare, si riempiva di gente che piangeva e attendeva notizie che non arrivavano. Era gente che conoscevo perché vivevano ed abitavano nello stesso settore del campo profughi. Nei giorni liberi dal lavoro accompagnavo i residenti, nelle discariche per cercare qualcosa, ma questo rappresentava anche un momento di svago dove incontravo giovani ragazze che nonostante la condizioni estreme di vita rappresentavano un richiamo alla bellezza femminile. Non vedevo le loro famiglie e le persone che vedevo erano sconvolte dal pianto e dal dolore. Alla fine, stanco dell'attesa ho chiesto ad un militare congolese cosa era accaduto? Perché non potevamo raggiungere il nostro settore dove erano i nostri familiari? Il militare mi guardò, vedevo la sua sincera difficoltà a darmi la notizia, ma alla fine raccontò: << Il settore dove abiti ha subito un attacco armato da parte di alcune milizie ribelli, le quali, hanno aperto il fuoco in modo indiscriminato sulla popolazione inerme. Ci sono stati molti morti, e tanti feriti. In questa azione non hanno risparmiato nessuno. Vecchi, donne e bambini sono stati colpiti con una ferocia inaudita. Il settore dove abiti, con i tuoi cari, è stato quello dove si è accanito, maggiormente, il furore di queste milizie armate. Tutt'ora stiamo contando le vittime del massacro.>> Il soldato, infine, aggiunse: <<Non farti illusioni e aspettati il peggio.>>

Sono stato chiamato da un medico militare, e senza nessun formaslismo, in modo crudo, mi ha comunicato la morte di mia madre e della nonna. Poi aggiunse: <<Le abbiamo sepolte in una fossa comune dopo poche ore, per evitare i miasmi della composizione, dovuti al grande caldo, che avrebbero attirato ogni tipo di animale necrofago con conseguenze per tutti gli abitanti del campo. Il luogo della sepoltura dista cinque chilometrii da dove siamo.>> Sono crollato in ginocchio, per uno spasmo improvviso, che mi ha fatto mancare ogni energia, la quale, non mi ha fatto vedere più niente, non ho sentito più niente, non ho avuto modo di pensare a niente.

Ho ripreso conoscenza, disteso sul lettino, dell'improvvisato ambulatorio medico. Vicino a me un signore in camice bianco mi faceva delle domande, ma sentivio che la mia voce era un sussurro, appena percettibile alle mie orecchie. L'unica cosa che ho sentito distintamente, dal medico, e stata quella: << Lasciatelo dormire, ha bisogno del sonno per accettare quanto gli è successo.>> Poi più nulla. Mi svegliavo e sentivo una debolezza fisica, la quale, non mi permetteva di alzarmi in piedi, ed ogni tentativo di mantenere la posizione eretta, si concludeva con il piegamento delle ginocchia e la caduta di tutto il mio corpo per terra.

Sono stato adagiato su di un lettino da campo, quando mi sono svegliato, il mio cervello ha incominciato ad elaborare quanto era successo. Il dolore di essere stato privato dei miei familiari, mi faceva sentire un vuoto, insieme alla grande difficoltà di ritrovare una collocazione personale senza avere i miei cari vicino. Le consuetudini di ogni giorno, non c'erano più; cancellate definitivamente dal mio vivere quotidiano. L'abbraccio di mia madre e della nonna, erano le manifestazioni più autentiche di umanità e d'affetto, dopo dieci ore di lavoro continue, dove eri considerato un elemento della produzione senza nessuna considerazione umana. Non avrei più incrociato gli sguardi sereni, pieni d'affetto, felici di vivere un momento fortunato che migliorava le nostre condizioni nel campo, quando, la sera condividevo, con loro, la mia razione di cibo giornaliero avuta dall'azienda mineraria. La condivisione di questo minimo benessere e di unione affettiva mi mancava.

Al rumore di fondo del campo, fatto dal brusio di migliaia di voci che raccontavano le loro storie quotidiane, prima del silenzio della notte, si era sostituito il lamento straziante di chi non riusciva a spiegarsi cosa era successo, perché era avvenuto e quale ragione l'ha motivato. Tutto era assurdamente inconcepibile. Gente inerme, priva di ogni valore sociale, politico e religioso era stata trucidata ferita distrutta da una ferocia che si vedeva in natura, solo se motivata dalla lotta per la sopravvivenza. In questa azione non c'era niente che doveva prevalere, catturare e depredare, niente di tutto questo. Cosa voleva dire, questa strage degli innocenti? A chi lo doveva dire? E cosa voleva ottenere?

Non c'erano risposte.

Lo sconforto, muoveva lentamente i miei passi, ma ero convinto di avere   l'obbligo di affrontare con coraggio, quanto era rimasto della mia tenda. Quello che vidi, riuscì a darmi la forza di reagire, prendendo una decisione che dovevo già prendere, quale quella, di lasciare il campo. Raccolsi il poco che era rimasto, dopo l'azione degli umani sciacalli, riempì l'unico zaino in mio possesso, e dopo aver trascorso la notte sveglio, attesi l'arrivo del furgone che mi avrebbe portato al lavoro.

Il furgone arrivò.

Sono salito, con il dolore ancora vivo per tutto quello che avevo perso e mi mancava. Nessuno chiedeva, perché mi ero assentato per tre giorni, per una forma di rispetto e di condivisione emotiva, per quanto mi era accaduto. Ma alla fine ho dovuto raccontare di non avere più la mia famiglia. Giunto nella sede, della società mineraria, ho comunicato la fine della mia collaborazione ed ho ritirato i risparmi depositati nella cassa aziendale. Il contabile mi chiese dove sarei andato con 7.500 dollari, ma in quel momento non ho saputo dare spiegazioni. Infine, mi sono congedato da loro, ringraziandoli, per le tante opportunità che mi avevano concesso, durante il mio impiego in miniera. Con il denaro nello zaino mi sono incamminato, senza una meta, ma soprattutto non avevo la più pallida idea, della strada da percorrere.

Mi sono lasciato trasportare dal cuore.

I pensieri di prima non tornavano alla mente, un qualcosa di non definito riusciva a frenarmi. Le ragioni erano tante, e tutte potevano essere riassunte nell'unica domanda <<Come iniziavo questa avventura?>>

Dovevo partire, e questa decisione era da prendere immediatamente. La mia permanenza al campo diventava molto rischiosa. In tanti sapevano che avevo lavorato, con assiduità per anni, e alla mia persona, venivano associati, i risparmi accumulati nell'azienda mineraria. Il mio gruzzolo attirava l'attenzione di molti, tutti disposti, dopo quanto era successo, a tagliarmi la gola, approffittando del momento di caos.

Era da escludere una notte al campo, ma soprattutto non dovevo farmi vedere nei paraggi, perché la mia incolumità era a rischio. In tanti si sarebbero organizzati per mettere in atto una rapina, quindi, dovevo trovare una sistemazione lontana dal campo e l'unica alternativa era rappresentata dal mio ingresso, come clandestino, nel Congo.

Attraversare il territorio congolese, non era facile, ma soprattutto non sapevo quale direzione prendere. Da quel poco che avevo saputo, il Congo aveva una superficie di due milioni e trecentomila chilometri quadrati. Non potevi avventurarti senza affidarti al trasporto pubblico per arrivare ai confini a Nord di questo stato. Sarebbe stato un azzardo pericoloso che poteva costarmi la vita. Nessuno si sarebbe accorto della mia esistenza se mi trovavano morto; sarei stato un numero per le statistiche, che non avrebbe significato niente.

Sempre ultimi. Esseri umani in balia di tutto e di tutti, in alcuni casi, mai nati, mai vissuti e mai morti.

Dovevo decidermi, ma tutto sembrava maledettamente difficile.

Intervallavo i miei spostamenti, impiegandomi in lavori diversi e saltuari, i quali, dovevano darmi la possibilità di mangiare e di dormire. Il dormire era un requisito estremamente necessario, per non essere rapinato e malmenato nel cuore della notte. Mi consigliarono, di dirigermi verso la zona dei grandi laghi, dove il flusso turistico era continuo, e richiedevano sempre personale per le varie occupazioni, di cui avevano bisogno. Avevo sempre sentito parlare della forte attrazione turistica della zona dei grandi laghi. Nel campo profughi, molti discorsi avevano come argomento questo particolare territorio del centro Africa. I laghi Vittoria, Edoardo, Alberto e Tanganica erano il sogno di tanti rifugiati. Ma il freno, per un esodo di massa, verso queste località, non era la distanza, ma la conoscenza delle lingue europee, presupposto necessario per impieghi che garantivano non solo un guadagno, ma davano anche vitto e alloggio.

Così sono entrato in territorio congolese per cercare lavoro, ma le proposte ricevute non mi davano la possibilità di avere un compenso adeguato a soddisfare le esigenze primarie di vitto e alloggio. Non ero un abitante del Congo. Questo status condizionava ogni mia azione e le richieste di lavoro dovevano essere fatte in silenzio, ma soprattutto sul calare della sera quando l'esigenza di lavori notturni si faceva sentire. Però la mia condizione di clandestino mi relegava ad un precariato difficile, costretto ad accettare ogni tipo di lavoro con compensi appena sufficienti per soddisfare i bisogni giornalieri. Ma soprattutto, dovevo evitare accuratamente ogni controllo di polizia. Se scoperto, sarei stato depredato di tutto quello che di valore avevo, e mi avrebbero obbligato, con un accompagnamento forzato, a lasciare lo stato, e fatto rientrare nel campo profughi. La mia meta era la zona dei grandi laghi e da essa non potevo allontanarmi. Dovevo rimanere nel Congo, fermandomi sul confine, nelle località più vicine alle sponde, del grande lago Vittoria.

Io, ero in possesso dei requisiti indispensabili per essere assunto. Conoscevo bene le lingue inglese, francese e anche l'italiano imparato per la presenza di volontari di una organizzazione umanitaria italiana e di religiosi comboniani. Dovevo solo scegliere, dove andare, ma non era facile e il timore di sbagliare condizionava le mie decisioni e le destinazioni che avrei preso. Oltre alle difficoltà di raggiungere il posto se ne aggiungeva un'altra, quale quella, di propormi per un'occupazione che fosse necessaria nel posto, in cui volevo lavorare. Se pensavo alle difficoltà, non sarei mai partito, anche in questo caso ci voleva coraggio. Fare il primo passo era importante, poi se ne sarebbero aggiunti altri, ed altri ancora, fino a raggiungere lo scopo che mi ero prefissato.

Un mattino, dopo aver dormito nei locali, dove svolgevo la mansione di addetto alle pulizie decisi di andare in cerca di fortuna e di una sorte migliore, presso le strutture turistiche del lago Vittoria. Questa decisione comportava che dovevo lasciare il Congo, per entrare nel Burundi, stato confinante anche con il Kenya e cercare una sistemazione nella città di Mwanza sulle coste del lago Vittoria. Giungere non significava aver trovato il modo di lasciare l'Africa, ma era l'inizio, un primo passo nella realizzazione del mio sogno. La paura, le incognite e le insidie potevano in qualsiasi momento, porre fine a tutte le speranze che avevo. La mia esistenza doveva cogliere ogni opportunità che si presentava. Avevo scelto, questo itinerario per emigrare, perché mi sembrava il più tranquillo, dove non vi erano conflitti con le nazioni confinanti, ma soprattutto, la parte sud-est del Kenia affacciava sull'Oceano Indiano.

Il mio scopo era arrivare a Nairobi, la capitale del Kenia. Una volta giunto dovevo utilizzare trasporto pubblico interno, per arrivare a Mombasa, primo porto ad est del centro Africa. Giunto in questa città, tentare un imbarco su una nave mercantile, per raggiungere la città di Mogadiscio in territorio somalo. Nel grande porto mercantile trovare un ulteriore imbarco, su di una nave che risaliva il Mar Rosso, fino ad arrivare nel Mar Mediterraneo attraverso il canale di Suez. Una volta nel Mediterraneo sperare che il mercantile facesse scalo in qualche porto europeo.

L'altro itinerario era molto più rischioso.

Dovevo attraversare tutta l'Africa centrale, dirigendomi verso le coste libiche sul Mediterraneo. I racconti che avevo ascoltato, quando ero in fila per prendere l'acqua, erano orribili. La grande difficoltà era rappresentata dal deserto del Sahara. Una parte vastissima del territorio dell'Africa, dove il caldo sfiora i 50° centigradi e superarlo, in solitudine, diventa un'impresa al limite del possibile e dell'umano. Il deserto sahariano ha un'estensione di circa nove milioni di kilometri quadrati. Inizia dalle coste occidentali sull'Oceano Atlantico, e termina la sua estensione con le coste orientali che affacciano sul Mar Rosso. Ha una profondità che supera i duemila kilometri, toccando vari stati del nord Africa e anche alcuni stati del centro. Oltre al grande caldo sono i fenomeni atmosferici estremi che caratterizzano il suolo di questo deserto. Specie il vento che con la sua azione produce cambiamenti dove è difficile orientarsi e proprio questo aspetto incute un'angoscia non facile da sopprimere. Non c'è possibilità di orientarsi facilmente in questo vastissimo territorio, ci sono parti del deserto che sono costituite da roccie e pietraie arse dal Sole e dal vento che alle volte diventa impetuoso, a tal punto, da essere difficile da affrontare anche per i Tuareg, è i quali, sono costretti a stare fermi e coperti per tutta la durata della tempesta. Se poi ci si trova nella parte del deserto denominato "Erg", allora ci troviamo nella parte più bella ed affascinante del Sahara fatto di dune di sabbia e di cielo azzurro, dove la topografia mutevole non da riferimenti al viaggiatore solitario, e nasconde insidie molto pericolose, quali, le tempeste di sabbia alte fino a cento metri ed estese per qualche chilometro. Cessata la tempesta ci si trova in un ambiente diverso da quello precedente la perturbazione, con un senso di smarrimento desolante.

Molti profughi, una volta arrivati sulle coste libiche, erano costretti a pagare l'intero costo del viaggio, agli scafisti, prima di essere imbarcati sui gommoni o barconi carichi, al limite della capienza, con la speranza di sbarcare, sull'isola italiana di Lampedusa. Il viaggio poteva iniziare dopo qualche giorno, ma nel campo avevo ascoltato che vi erano stati periodi molto più lunghi, addirittura settimane, di attesa. Per tutto questo periodo si doveva rimanere nascosti, costretti ad essere rinchiusi in locali fatiscenti, abbandonati lungo la costa, senza farsi vedere dalla polizia libica, altrimenti c'era l'arresto e la condanna, come clandestini, al carcere duro. Allora si perdeva tutto quello che era stato versato per questo viaggio della speranza. Ogni protesta veniva ridotta al silenzio con la violenza o la tortura. In alcuni casi la gastroenterite acuta, la sete, la fame e il caldo torrido erano le condizioni limite che spesso si verificavano durante l'attesa, e molti morivano per debilitazione organica senza lasciare traccia, di loro stessi, nelle fosse comuni.

Altri racconti, sempre sentiti nel campo profughi, parlavano di tragedie volute dai rais locali, i quali garantivano a parole l'efficienza dei loro natanti, ma durante la traversata i motori si spegnevano per avaria o per insufficienza di carburante e le taniche caricate contenevano solo acqua e allora rimanevano in balia del mare, alla deriva. Oppure veniva impedito ai mezzi delle capitanerie di porto, di salvare migranti ormai allo stremo. Tutto questo motivato da opportunità politiche strombazzate, durante le campagne elettorali, le quali, suscitavano l'avversione all'accoglienza, come possibile rimedio alla dilagante criminalità dei migranti clandestini. Oppure suscitando fobie razziali incomprensibili al solo scopo di avere un tornaconto elettorale che gli eleggeva membri dei parlamenti nazionali.

Era diffusa nel campo la convinzione che la migrazione, verso l'isola di Lampedusa, era lastricata da molte morti e per tutti era un cimitero silenzioso e profondo dove era terminato il viaggio di madri, padri e figli di cui nessuno reclamava l'appartenenza.

Tutt'ora non conosco la mia nazione d'origine, ma pur consapevole di essere africano non conoscevo il continente in cui vivo. Mi manca una relazione territoriale di appartenenza. Il periodo in cui ero stato nel campo profughi, mi accorgevo di non essere il solo, tanti miei coetanei erano nelle stesse condizioni.

Ci sentivamo invisibili, senza una famiglia, senza un luogo dove vivere, senza una carta d'identità, un passaporto, una patente di guida. Eravamo individui senza la definizione giuridica di essere umani e nessuno si preoccupava di riconoscere, a noi, quel diritto di appartenere ad un territorio di questo immenso continente. Una volta morta mia madre e la nonna, non avevo più un riferimento dimostrabile di dove ero nato. Sapevo di essere nato da una madre congolese, nel campo profughi, ai confini con il Congo. Il territorio non apparteneva a nessuna delle nazioni confinanti e nessuna di queste rivendicava la propria sovranità su questo campo.

Le nostre esistenze non erano considerate tali.

Anche in questo continente, se ti fermavano ad un posto di blocco, per un controllo, finivi con l'essere trattenuto, in carcere fino all'accertamento anagrafico, il quale, era impossibile da ottenere in breve tempo. Allora la detenzione era lunga e sembrava non finire mai.

Non potevo fare niente se non dimostravo chi ero.

Ero costretto a fare un viaggio a ritroso nel tempo per trovare una nota anagrafica della mia nascita, altrimenti non avrei avuto nessuna ipotesi possibile di futuro. Il ritorno al campo profughi, dove ero nato, era inevitabile. Solo le organizzazioni umanitarie potevano aver registrato la mia nascita ventidue anni fa, di un bambino maschio, a cui fu dato il nome di Patrick Sukuromo, da una donna di nome Claire Sukuromo di sedici anni. Non era un'impresa facile, ma era indispensabile tentare, per avere un documento ufficiale e legale che stabilisse la mia identità.

Il viaggio di ritorno al campo non fu semplice. Molti stati fra loro confinanti avevano inasprito i loro conflitti, per regolare limiti territoriali sanciti nella conferenza di Berlino del 1885, dalle nazioni europee che non conoscevano l'Africa. Infatti, non avevano tenuto conto dell'esistenza di agglomerati tribali diversi, per storia, costumi e tradizioni, ma soprattutto dell'aspra conflittualità che li caratterizzava. Si era proceduto a tracciare i confini territoriali, dove il criterio divisorio, rompeva vincoli di appartenenza secolari, con accorpamenti generalizzati, i quali hanno riacceso rivalità antiche e odi tribali, che nonostante il tempo, non avevano attenuato la loro violenta aggressività.Per giorni sono stato costretto a fermarmi, per l'asprezza dei conflitti, sfuggendo e nascondendomi, per evitare di essere vittima degli scontri armati, soprattutto delle rappresaglie e dei rastrellamenti che potevono essere molto rischiosi per la mia vita.

Congo, Burundi ed Uganda si stavano fronteggiando e niente poteva passare o uscire da questi territori. Il più danneggiato per questa accesa conflittualità era il campo profughi, il quale veniva privato, del sostegno delle organizzazioni umanitarie. Fu determinante una tregua, fra le nazioni belligeranti, per far transitare i convogli umanitari fermi da giorni. Quest'ultimi, trasportavano generi alimentari e forniture sanitarie per il campo profughi di "Bidi-Bidi", i cui abitanti erano al limite di ogni forma di resistenza fisica e psichica. La fame e le malattie stavano causando morti dolorose, nella più totale indifferenza del continente africano e del mondo.

Finalmente, dopo giorni, sono arrivato nel campo dove sono nato. Subito ho chiesto dove potevo attingere notizie sulla mia nascita. Ho fatto domande se conoscevano mia madre e mia nonna, ma per i continui avvicendamenti degli abitanti, la memoria dei miei familiari si era perduta, svanita dal territorio in cui avevamo vissuto per molti anni. Nessuno ricordava le centinaia di vittime innocenti di un massacro, avvenuto qualche tempo fa, in cui persero la vita i mei familiari insieme a tante altre persone. Non mi rimaneva che contattare il comando militare che era intervenuto, subito dopo l'attacco, insieme al presidio medico che aveva constato le morti di mia madre e della nonna. Non fu facile rispondere alle domande, le quali mi chiedevano come mai due cittadine congolesi risiedevano in un campo profughi? Perché la mia nascita non era stata dichiarate agli uffici anagrafici della città più vicina al campo? Forse le due donne si nascondevano, nel campo, per sfuggire ad una condanna penale, loro inflitta, per vicende commesse prima di espatriare? Non sapendo cosa dire, sono stato trattenuto per accertamenti, presso il comando di polizia e rinchiuso in una cella. Nei giorni che seguirono, mi furono poste altre domande, ma non avevo risposte da dare. Il soggiorno forzato, nel presidio di polizia, durò ancora qualche giorno, poi fui rilasciato con un documento d'identità provvisorio, corredato di fotografia. Quest'ultimo attestava la mia nascita, ma non la cittadinanza congolese, anche se il documento certificava che mia madre era nata in Congo. Comunque, se volevo andare in uno stato europeo, occorreva che io avessi dati anagrafici riscontrabili dai presidi sanitari e di polizia della nazione in cui volevo vivere e lavorare.

Questo documento sembrava adatto allo scopo.

Ora mi toccava affrontare il viaggio di ritorno per raggiungere la zona dei grandi laghi, dove avevo buone possibilità di essere assunto nelle strutture alberghiere del posto, per svolgere qualsiasi mansione. Conoscere l'inglese, il francese e l'italiano fu determinante per essere assunto in un "Resort" sul lago Vittoria, di cui non faccio il nome.

Dopo un addestramento minimo, sono diventato cameriere, superando qualche attimo di indecisione, ho servito, nella sala ristorante, i clienti dell'albergo, durante il pranzo. Come prima giornata sentivo solo una grande stanchezza nelle gambe e nelle braccia, con i piedi che mi dolevano. Alla fine del mio turno di lavoro ho sentito la necessità di una doccia rinfrescante. Cosa che avvenne anche nei giorni successivi.

I turisti, quasi tutti europei venivano in Africa per vedere solo un aspetto di questo vastissimo continente, il quale, procura un'emozione grandissima nel vedere la bellezza dei paesaggi naturali. Il tempo non aveva modificato, anzi aveva mantenuto intatto il fascino e lo stupore emotivo della bellezza selvaggia di questi luoghi, tanto da essere un ricordo indelebile per chi ha la fortuna di vederli.

Stati, grandi e piccoli, rivaleggiano fra loro per il dominio dei territori, dissipando il momento unitario della cooperazione, il quale avrebbe valorizzato e dato un vissuto diverso, ai cittadini di queste nazioni. Gli abitanti del continente più vecchio e più ricco del pianeta non trovano, lo spirito antico, dei loro progenitori, per affrontare insieme le difficoltà e le incomprensioni che li rendevano vulnerabili agli attacchi di predatori molto più grandi e feroci di allora. Senza la cooperazione sarebbero stati sopraffatti e non avrebbero dato corso all'evoluzione di cui noi siamo, adesso, lo stadio progredito ma non definitivo, il quale ha bisogno di continue aggregazioni   per migliorare ulteriormente.

Agli stati africani manca la consapevolezza di essere potenzialmente capaci, di dare la spinta necessaria, per diventare il futuro del mondo, adottando una formula cooperativa in cui ogni cittadino, di ogni stato, sia non solo il protagonista del mutamento, ma anche il beneficiario della ricchezza che il territorio offre. L'Africa dimostra, con le mille divisioni, l'incapacità di gestire i territori dove le risorse minerarie sono diventate essenziali per le economie del mondo, ma soprattutto alle grandi industrie informatiche per la realizzazione degli strumenti, i quali, rendono possibile la connessione planetaria tra gli stati ad ogni latitudine. Il Coltan e la Tantalite sono i minerali presenti nelle terre rare di cui le miniere africane sono ricche, tali minerali costituiscono, la base essenziale per realizzare strumenti di telefonia mobile, computer e tutto ciò che serve alla comunicazione wirless. Per non parlare delle altre ricchezze del suo sottosuolo.

Gli africani sembrano distratti da questioni di potere, di predominio tribale e di odi atavici, per cui non trovano formule organizzative per estrarre i quantitativi necessari per soddisfare il bisogno tecnologico del mondo. L'Africa continua ad essere un posto da cui fuggire, perché non la vogliono competitiva ed allora manipolano ogni affermazione politica, capace di dare non solo dignità agli abitanti di questo continente, ma soprattutto, nascondono a tutti gli abitanti dell'Africa, il grande patrimonio che esso ha, rappresenta e può diventare. Deve rimanere come è, senza contrabbandare con motivazioni che non hanno nulla di idealistico, ma servono solo ad accontentare protagonismi individuali. Quest'ultimi, possono, con arricchimenti immediati, favorire scelte politiche, le quali privilegiano imprenditori senza scrupoli; capaci mettere in atto una predazione che toglie tanto e lascia poco al territorio in cui essa si verifica.

La bellezza non può essere esportata, predata o rubata. È l'unica ricchezza che rimane in questo continente. Sono proprio coloro che detengono il potere, sui territori, a non rendersi conto, e a non capire, il grande valore delle singole nazioni che compongono questo continente, ma soprattutto non devono concedere ad altri, lo sfruttamento dei territori, rimanendo i detentori di un patrimonio che non inquina e non ha bisogno di essere migliorato, ma deve essere conservato e offerto così come è. La bellezza è la grande miniera inesauribile dell'Africa, la quale, diventa non solo un ricordo indelebile per tutti coloro che hanno avuto modo di vederla, ma rimane nell'inconscio, interiorizzata, fissata nella memoria, difficile da cancellare, ma conservata con tutta la carica emotiva percepita nel momento in cui la si incontra.

Darebbe a tutti gli africani la possibilità di avere una ricchezza equamente distribuita, dove il ricorso alla violenza barbarica della guerra non sarebbe più necessario.

Sentivo i tecnici americani della società mineraria, dove ho lavorato, parlarne in modo entusiastico. Sentivo i racconti di quello che avevano visto, rimanendo affascinati per quanto di primitivo e selvaggio vedevano. Provavano una sensazione nostalgica, e non se la riuscivano a spiegare. Come un qualcosa di misterioso, che risaliva dai meandri più intimi della personalità, affiorando in modo cosciente in ognuno di loro. Percepivano, singolarmente, un senso di appartenenza atavico a questi luoghi, come l'origine di quello che siamo ora. Tutto avviene attraverso, una nostalgia dolorante, come "il mal d'Africa ", il quale, ti rende sensibile e prigioniero di uno stato d'animo pervaso da una contemplazione silente. L'Africa ti rende consapevole e ti fa percepire l'impotenza a liberarti dalla seduzione dei luoghi e delle stagioni e loro rimanevano rapiti ed attratti, davanti a tutto ciò che vedevano, consapevoli che quei territori, sono stati l'ambiente, dove il processo vitale è stato inesorabile. Viveva il più forte, il più adatto, ma soprattutto chi era più scaltro. Era una contesa dettata dalla sopravvivenza, e la solitudine non era la condizione migliore per poter superare la difficile quotidianità, creando le premesse per una procreazione necessaria e destinata ad avere futuro.

In questo continente i suoni sono qualcosa di unico, perché nelle immensità silenziose della savana il suono della vita arriva da lontano e stabilisce territori e migrazioni degli animali che ci vivono. Il ruggito di un leone in lontananza, che stabiliva il suo dominio territoriale e il suo harem; lo starnazzare di decina di migliaia di volatili che migrano in un concerto coreografico ed armonico di ali; il boato tuonante di milioni di zoccoli al galoppo, dei grandi erbivori, nella ciclica transumanza verso nuovi pascoli, pagando un tributo crudele, per portarsi sull'altra sponda, ai coccodrilli del fiume Masai-Mara. La crudeltà dei momenti predatori non procurava sgomento, e la pietà per le prede veniva superata dalle necessità vitali dei predatori.

Mentre ascoltavi i suoni della natura non potevano passare inosservati i cicli stagionali, che erano scanditi dal succedersi delle manifestzioni atmosferiche violente ed attese, le quali mutavano ogni ambiente di vita. La stagione delle grandi piogge, essenziale per ogni singola forma di vita sia essa umana, animale e vegetale. Quando arriva, rompe la siccità polverosa dei suoli, dissetando tutto e tutti. Persino il sottosuolo, dove erano conservati i semi della vita, con l'arrivo dell'acqua, germogliano e fanno fiorire la savana, diventando un tappeto di erba e di fiori multicolore, vastissimo. La vita in questo continente non ammette pause. Dall'alba al tramonto è un lottare continuo dove soccombere e prevalere è il ciclo dell'esistenza che ha deciso l'umanità e il mondo quale è oggi. L'essere umano ha prevalso, pur nella sua insufficienza fisica, su animali più forti, più grandi e più feroci. Questo è stato possibile solo se sceglieva di cooperare, dividendo il frutto della caccia e lo sforzo per ottenerlo. La cooperazione è nata in questo continente e i primi "sapiens" hanno avuto la capacità di esportarla. Proprio da questo immenso continente sono partite l'esplorazioni verso altri territori del nostro pianeta.

Oggi, molti di noi, vogliono lasciare questo continente, dove non c'è speranza e quando essa manca, non ci sono ragioni che ti convincono a restare, non sei nessuno né per gli africani, tanto meno per gli abitanti del posto in cui speri di poter vivere.

Da primi siamo diventati ultimi, bisognosi di tutto, di poter provvedere a noi stessi, trattati come un'umanità senza valore, esposti ad ogni tipo di condizione; pur di concedere al potente di turno, la soddisfazione della sua avidità. Ultimi e sempre tali, come se, il colore della pelle e la nostra provenienza, richiamano il ricordo, a quanto c'è di noi in tutte le etnie del mondo. Come se volessimo allontanare la memoria della nostra origine. Chissà se questo esodo umano non sia necessario all'umanità, che cerca nuovi pascoli dove nutrirsi e progredire in uno scambio identitario dove saremo beneficiati tutti.

Ora devo dormire, domani sarà un giorno di lavoro duro, ma non posso per il momento lamentarmi. Divido la stanza con altri due camerieri e tutto sommato sto bene. Il letto è comodo, c'è acqua corrente per lavarsi, abbiamo, ognuno di noi, un armadietto metallico con lucchetto dove posso custodire i miei effetti personali. I miei compagni di stanza sono musulmani e rispettano, il precetto, delle cinque orazioni giornaliere, e non capiscono come mai io non prego.

Non ho spiegazioni da dare.

Seconda parte.

La sveglia è alle sette, per noi camerieri. Dopo la nostra colazione, bisogna preparare la sala per quella che faranno i turisti, intorno alle nove. Il mio impiego nel grand hotel continua, e vedo i clienti affascinati dal luogo in cui si trovano. Hanno prenotato questa vacanza mesi prima, e per niente al mondo avrebbero rinunciato a tutti i momenti del loro soggiorno. Il mattino, dopo aver fatto colazione, si incontrano con la guida che deve accompagnarli per il loro safari fotografico. Quest'ultima spiega itinerari e situazioni che possono vedere ed incontrare durante l'escursione. Finita la presentazione, le domande erano tante e tutte molto pertinenti.

Perché, loro erano ammirati, entusiasti e preparati su ogni luogo che volevano visitare? Cosa portava tante persone, in questo continente, rischiando di essere coinvolte nelle controversie tribali o nei conflitti fra nazioni, i quali, avrebbero alterato se non distrutto il piacere di trovarsi in una porzione di Paradiso? Nonostante le tante incertezze, il flusso turistico era continuo, rappresentando una ricchezza certa, ma soprattutto ha valorizzato, nel tempo, la zona dei grandi laghi.

Eppure, io voglio fuggire, affascinato da quanto avevo letto e visto sui rotocalchi europei ed americani. Inseguivo un ideale di vita, dove diventavo il protagonista, ogni giorno, della mia affermazione, della conquista di ogni spazio di socialità, senza la paura che mi venisse tolto tutto quello che avevo guadagnato e raggiunto, per una oscura ragione, dal rais o dal signore del momento.

Le paure creavano incertezze, ed i miei propositi subivano rallentamenti, con la conseguenza di non avere un progetto definito, per tanti nuovi dettagli che si presentavano ogni giorno e meritavano la dovuta considerazione. A tutto questo doveva essere aggiunto il mio nuovo modo di vedere il continente dove sono nato. Affiorava in me la sensazione di abbandonare la mia terra al suo destino. Fuggivo e la ragione di questa fuga era rappresentata dalla mia impotenza nel contrappormi, ai continui deliri di onnipotenza che i governanti di turno manifestavano. Non c'era niente da farmi supporre una cooperazione fra stati, ma soprattutto fra persone con un'idea comune di unità, capace di creare organi confederali che avrebbero travalicato i poteri locali, riunendo i popoli del continente africano, in un sistema politico che avrebbe rappresentato, protetto ed aiutato tutti.

Un'ipotesi di unione delle nazioni africane, è stato il sogno di alcuni leaders, la cui voce non si sente più, spenta nel silenzio angosciante, voluto dagli organi di potere che la soffocano ogni giorno, per paura di perdere il loro misero tornaconto, privo di stabilità e futuro. I signori della guerra, i dittatori locali e i capi tribali, rimangono per me dei giganti, dove la mia opposizione, può essere paragonata al fastidioso disturbo di un insetto da schiacciare in ogni momento. Allora, non mi rimane che andare via perché la mia vita su questa terra abbia un senso e non sia un caso.

Non dovevo smettere di pensare a quello che sognavo ogni giorno. Il ricordo delle immagini dei giornali mi raccontavano un mondo lontano, dove tutto si svolgeva e si presentava senza gli affanni che vivo. Allora il mio pensiero andava su come avrei lasciato questo continente. In tanto lavoravo con assiduità, ascoltando le conversazioni dei turisti, i quali, si scambiavano le più svariate opinioni, sulla politica e sui governi in carica, in quel periodo, nei loro paesi di origine.

Le donne non erano escluse, da queste conversazioni, ed io ascoltavo, il loro parere, soprattutto quando facevano riferimento alla carenza di personale per le attività domestiche necessarie nelle loro famiglie. Si parlava molto della comunità europea, priva di un piano per accogliere i migranti che fuggivano per non essere travolti dalle condizioni terrificanti in cui erano costretti a vivere nel loro paese.

Una turista belga, medico di professione, discuteva con altre donne e uomini, della mancanza di un programma per utilizzare, i tanti richiedenti asilo, che sbarcavano sulle coste italiane, rimanendo chiusi nei "CARA" (Centro Assistenza Richiedenti Asilo), imprigionati, scontando una segregazione illegittima, la quale si concludeva con la fuga o con il rimpatrio forzato del migrante. Ora si chiamano centri di prima accoglienza, ma la sostanza rimane quella di un confinamento in attesa di dati anagrafici, i quali assicurino l'identità del migrante. Il medico sosteneva: << Non era possibile che le migliaia di persone sbarcate, erano tutti delinquenti o terroristi e quindi costretti ad essere ricondotti nei paesi da dove erano fuggiti, relegandoli ad una vita di stenti, oppure condannandoli a morte. Molti di loro fuggivano, spinti dalla necessità di voler vivere una vita diversa per sé stessi e per i propri familiari. Ma, l'unica soluzione possibile, per la comunità europea, è quella di impedire questi esodi, con accordi politici ed economici, i quali oltre ai cospicui finanziamenti, provvedevano a dare, a questi stati e alle loro marinerie militari, pattugliatori ultramoderni, sofisticati, in grado di individuare ogni natante che si avventura nella traversata dalle coste africane a quelle italiane. Lo sbarco continua e questo piano rimane incompiuto, chiuso nei cassetti del parlamento europeo, dimenticato da tutti, affiorando come un rimorso, ogni volta che si verifica una tragedia del mare, per poi ritornare, dopo qualche giorno nei cassetti per essere nuovamente dimenticato.

L'Europa ha una popolazione che invecchia, disse il medico belga, le nascite diminuiscono e fra non molto gli indici di mortalità e di natalità, negli stati europei, metteranno in evidenza un passivo preoccupante, dove le nascite saranno inferiori alle morti. Questo renderà la vita di ogni stato, prossima al collasso per la mancanza di un ricambio generazionale, il quale, assicuri, una vita dignitosa, a quanti non saranno più in grado di lavorare per raggiunti limiti d'età. Abbiamo bisogno di gente cha faccia mestieri e professioni che i nativi non vogliono, non sanno fare o non possono fare, mancando la possibilità, di essere professionalizzati, per un utilizzo immediato. Questo, credetemi, non sarà, in futuro, un problema da poco. Non abbiamo medici ed infermieri negli ospedali, meccanici nelle officine, edili nei cantieri, camerieri negli alberghi, impiegati negli uffici pubblici, piloti sugli aerei civili, militari nelle basi di difesa, negozianti nei negozi, banconisti nei supermercati, coltivatori nelle campagne e pescatori in mare ed allevatori di bestiame nelle fattorie e quant'altro. Ma soprattutto mancheranno le mamme e le loro famiglie con i loro bambini per dare la speranza di un futuro al nostro continente. Ecco l'importanza di avere un piano europeo per utilizzare i flussi migratori, essi saranno, con la loro povertà, la nostra ricchezza. Il mondo è di tutti, a nessuno deve essere impedito l'ingresso se non per motivi che possono essere una fonte di pericolo per gli altri.>>

Dopo una pausa il medico che aveva parlato continuò dicendo:

<< C'è la necessità di ribaltare l'assunto politico per fermare questo esodo. L'Europa deve trovare una linea politica che si confronti con le realtà locali delle nazioni africane, facendo coincidere le possibilità degli stati europei con le necessità degli stati africani. Dare la possibilità a tanti cittadini africani di potersi specializzare, negli stati europei, in tutte le attivita lavorative e professionali che nel continente africano

sono poche o mancano del tutto. Quindi, il progresso è frenato da una assenza di strutture in grado di dare capacità lavorative, le quali saranno un contributo certo allo sviluppo di questo continente. Programmare accordi di interscambio con i paesi africani offrendo periodi di formazione culturale, scientifica e tecnica nei vari stati europei, dove si possono acquisire tutte le operatività di ogni settore produttivo affinché ogni cittadino diventi un tassello necessario all'evoluzione di questo continente. Può sembrare utopico, ma questo approccio diventa l'unica via da seguire, garantendo un esodo ordinato, rispondente alla logica migratoria garantita da tutti gli stati europei. Occorre la volontà di attuarlo e sono convinta che tutti noi avremo un vantaggio considerevole da questo nuovo modo di vedere l'emigrazione di tanti cittadini degli stati africani.>>

Il silenzio, con cui fu ascoltato il discorso di questo medico donna, fu rotto da un applauso spontaneo e anch'io rimasi colpito e ammirato da questa persona che, pur essendo in vacanza, aveva fatto suo il problema dei migranti.

Oggi, dissi a me stesso, mi sono sentito meno ultimo.

Ascoltato questo discorso, la mia speranza di lasciare questo continente diventò una convinzione per dare alla mia vita la ragione e l'utilità di essere vissuta.

Come tutte le decisioni, esse vanno pensate, programmate ed attuate. Solo in questo modo si può essere sicuri di intraprendere un viaggio che non da niente di scontato, ma richiede coraggio in ogni momento. Mi toccava fare scelte difficili, rinunciando allo stato attuale di benessere raggiunto, come cameriere nel "resort". Ero convinto che prima o poi, il flusso, turistico si sarebbe fermato, per l'insanabile conflittualità dei paesi di confine. Allora rimanevi esposto alle ripercussioni imprevedibili dei conflitti, i quali, avrebbero originato una condizione di precarietà a cui potevi sottrarti solo lasciando la zona dei grandi laghi.

Ho chiesto, tanto per non precludermi future possibilità, una vacanza di una settimana. Nei giorni di libertà, dalle turnazioni di lavoro, devo programmare il viaggio, lasciando il "resort" e raggiungere la capitale del Kenya: Nairobi. Ho approfittato di un passaggio, con un pulman che portava alcuni turisti a visitare questa capitale. La capitale del Kenya è una tipica città occidentale e il percorso del pulman tocca una fascia territoriale dove rimani affascinato dagli incontri che si fanno con animali che possono essere visti solo in condizioni di assoluta sicurezza. Sono allo stato brado ed un incontro ravvicinato non è raccomandabile. La savana che viene attraversata rende il viaggio magico e dai finestrini godi nel vedere le grandi estensioni che si perdono a vista d'occhio in una alternanza vegetativa mutevole e multicolore. In questo vastissimo spazio vedi animali di specie diverse, grandi e piccoli, erbivori e carnivori si muovono per difendersi dai predatori che sono sempre in agguato in questo paesaggio dalla bellezza affascianante ma dalla struggente realtà. La città di Nairobi è divisa in quartieri residenziali e quello che più spicca è il quartiere commerciale con una incidenza abitativa di indiani. La città di Mombasa e la città più importante del Kenia, e il suo sbocco sull'Oceano Indiano, la rende molto attraente.

Proprio lì devo arrivare!

Sono stato lasciato in prossimità del centro, ma prima di scendere dal veicolo ho chiesto all'autista come potevo raggiungere la città di Mombasa. Quest'ultimo, mi disse:<<Che poco distante dal centro c'era un terminal di autobus e il biglietto costava, tredici dollari, ma si doveva viaggiare nove ore per raggiungere Mombasa. Oppure si poteva andare in treno e la stazione ferroviaria è ad un paio di chilometri da dove ci siamo fermati. Le ferrovie keniote hanno un collegamento diretto per questa città, sull'Oceano Indiano. Con sessanta dollari e sei ore circa di viaggio raggiungi la città.>> Ringraziai l'autista del pulman, da cui ero sceso e presi la strada che mi portava al terminal degli autobus. Quando sono arrivato al terminal degli autobus e letto gli orari di partenza per Mombasa, ho scelto quello, che partiva alle 23,00. Il veicolo mi consentiva di passare la notte in viaggio, senza preoccuparmi di dove andare a dormire, ma soprattutto rappresentava un notevole margine di sicurezza personale.

La città di Mombasa è a sud del Kenya. Ha un grande porto sull'oceano Indiano. La mia speranza era quella di trovare un imbarco su di un mercantile che facesse uno scalo nel porto, di una località europea. Era comunque un viaggio impegnativo e rischioso. Non dovevo abbassare la guardia, rimanendo vigile ed attento a tutte le opportunità che si potevano presentare.

Il pulman arrivò puntuale alle 08,00 dopo nove ore di viaggio come da orario esposto alla stazione di partenza. Ho dormito per tutta la durata del viaggio e non ho visto niente che potessi ricordare e raccontare. Comunque, sono stato fortunato perché, prima di raggiungere il terminal, il pullman fece una fermata nella zona del porto e molti passeggeri sono scesi, me compreso, proprio in questo punto. Sul marciapiede della fermata era aperta una caffetteria, e quelli che erano scesi, sono entrati per fare la prima colazione. Il locale era pieno di avventori di diversa nazionalità, ed ognuno chiedeva di avere servita la propria colazione. Questo sembrava il momento ed il luogo adatto per domandare ed avere indicazioni sulle possibilità di essere ingaggiato da una nave. Nella richiesta, manifestavo a tutti di essere disposto a svolgere qualsiasi mansione pur di iniziare il viaggio. Ho avuto alcune indicazioni, ma nessuna che mi indirizzasse verso una imbarcazione precisa dove potevo ottenere un ingaggio lavorativo. Alcuni avventori, mi consigliarono di recarmi presso la banchina d'attracco dove potevo fare direttamente la mia richiesta di essere imbarcato svolgendo ogni incarico lavorativo. Il porto di Mombasa è molto grande e le navi attraccate, di varia grandezza e lunghezza, erano mercantili, passeggeri e militari. Molte tenute nell'efficienza dovuta, altre potevano essere considerate dei relitti, proprio perché non vi erano tracce di manutenzione. Io continuavo a chiedere se avevano bisogno di qualcuno per svolgere incarichi lavorativi di qualsiasi genere, ma senbrava che tutte le navi ancorate non avessero bisogno di personale e nessuna faceva rotta verso un porto europeo.

Non dovevo scoraggiarmi. La ricerca continuava anche se alle mie richieste seguivano risposte negative. Ogni tipo di imbarcazione veniva da me preso in considerazione, e alla mia richiesta di essere imbarcato seguiva un rifiuto alle volte anche a muso duro. Mentre percorrevo a ritroso la banchina d'attracco, fui fermato da un signore elegantemente vestito, di pelle scura come la mia, con i lineamenti del viso molto marcati, i quali facevano supporre di essere un tipo da un vissuto personale non molto tranquillo. I segni sul viso testimoniavano gli esiti di numerosi contrasti, non propriamente verbali. M'intimorì. Volevo evitarlo, ma non ci riuscivo, esigeva risposte chiare alle sue domande. Quest'ultime, fatte per sapere chi ero e cosa ci facevo su quella banchina. Mi chiese:<< Se ero un informatore della polizia oppure un giornalista alla ricerca di uno scoop per un giornale.>> Gli risposi:<< che ero su quella banchina alla ricerca di un imbarco su di una nave diretta nel Mediterraneo e facesse scalo presso un porto europeo.>> Dopo un attimo di esitazione mi domandò: <<quante lingue conosci?>>Risposi << inglese, francese, italiano, arabo ed altre lingue locali e idiomi tribali. >> Continuò a guardarmi e poi volle sapere: << Se avevo pendenze con la giustizia.>> Gli dissi:<< Ero stato trattenuto solo per accertamenti anagrafici e null'altro. >>

Il personaggio a quel punto si presentò come l'armatore della nave "Ghibli" e formulò la sua proposta di lavoro che era la seguente: << Oltre all'imbarco, avrei avuto 90 dollari al giorno, compreso tre pasti giornalieri, ma dovevo salire a bordo, consegnando, prima delle tredici di oggi, il mio documento d'identità al comandante della nave. L'imbarcazione si trova al punto d'attracco 61, uno degli ultimi del porto.>> Ricordai di aver visto una lussuosissima nave, la cui imponenza e bellezza non mi era sfuggita, ma proprio davanti a questa imbarcazione provai soggezione e non ebbi il coraggio di chiedere un ingaggio. << Una volta a bordo il tuo lavoro consisterà nell'ascoltare i discorsi privati di alcuni passeggeri di rilievo, registrando tutto quello che si dicono, senza nascondere nulla. Qualora tu ometta parte dei loro discorsi, ti sbarcheremo in un punto imprecisato della costa, abbandonandoti al tuo destino.>> Non erano le condizioni di lavoro a spaventarmi, ma la tipologia d'impiego. Non mi era stato definito il ruolo che avrei avuto, ma di una cosa ero certo io dovevo essere il trait-d'union fra i passeggeri e il comandante della nave. Non potevo rifiutarmi, era l'unica opportunità, per lasciare questo continente e sperare di realizzare il mio sogno.

Alle tredici ero a bordo della nave, consegnavo il documento d'identità al comandante della nave, il quale volle precisare ulteriormente le condizioni d'ingaggio, ribadendo:<< Quello che ascoltavo doveva essere riferito a lui o all'armatore soltanto, nessuno dell'equipaggio doveva essere al corrente di quello che facevo.>> Poi mi condusse nella sala mensa riservata all'equipaggio, dove feci il primo pasto del giorno. Fui affidato al direttore di macchina. Quest'ultimo, Indossava una tuta e sotto di essa si notava un corpo magro capace di superare ogni barriera che, l'esiguità degli spazi della nave metteva sui camminamenti di poppa, di prua, di bababordo e tribordo. Aveva una capigliatura rada, un tempo bionda e il suo viso aveva occhi chiari attenti e scrutatori a cui non doveva sfuggire niente. La pelle del viso abbronzata metteva in mostra lineamenti armonici e il suo sorriso, quelle rare volte che lo aveva fatto, metteva in risalto una dentatura storta con incisivi accavalati bianchissimi. Mi fece conoscere tutto quello che non avevo visto della splendida imbarcazione. Si trattava di una nave lunga 150 metri e larga 25 metri, con 92 cabine su quattro ponti tutte munite di balconcino, tranne quelle di poppa. Le più lussuose, che avevano un terrazzino. L'arredamento in mogano richiamava lo stile delle vecchie imbarcazioni con le maniglie d'ottone lucidissime, le quali erano un tocco d'eleganza e davano l'impressione di fare un viaggio su una goletta di altri tempi. Ogni ponte aveva un quadrato, dove i passeggeri potevano pranzare oppure potevano riunirsi per tutti i loro bisogni di socialità. Al disotto del primo ponte, un altro quadrato con divani e poltrone ed una luce un pò più soffusa che metteva in risalto due grandi oblò contrapposti che offrivano uno scenario sottomarino da mozzare il fiato. Si aveva l'impressione di navigare sommersi raccogliendo, non solo, l'ammirazione dei passeggeri, ma anche la preferenza di essere in quel punto della nave. La nave aveva tutti i requisiti di un "resort" di lusso galleggiante.

La pronuncia della lingua inglese, del direttore di macchina, mi era familiare. Avevo già ascoltato, quando ero nel campo profughi, la pronuncia dell'inglese degli italiani di una missione umanitaria, pertanto, mi venne spontaneo chiedere se era italiano, la risposta fu un secco <<si!>> Poi mi condusse nella cabina a me riservata che era in comune con un inserviente addetto alle pulizie di origine pakistana. Infine, ho visto, il mio posto di lavoro. Si trattava di una cabina sul quarto ponte della nave, un po' defilata, dai camminamenti dei passeggeri e resa inaccesibile alla vista per un oblò con il vetro opacizzato che non permetteva la visione esterna e interna, ma soprattutto non offriva la possibilità di sguardi indiscreti. Al suo interno una serie di monitor, un tavolo, ed una poltroncina dove dovevo sedermi e sul tavolo oltre al notes con una serie di penne per gli appunti di registrazione, vi erano anche delle cuffie per ascoltare attentamente quanto in quel momento veniva detto.

Ancorata nel porto di Mombasa, la nave stava effettuando le manovre di rifornimento, caricando carburante, acqua potabile e derrate alimentari, necessarie per il lungo viaggio che l'avrebbe portata nel Mar Mediterraneo. Le operazioni di approvvigionamento continuarono per buona parte della giornata, fino a tarda sera e ciò era dovuto ad alcuni prodotti, provenienti da Nairobi. Finite le operazioni di carico, il rumore si attenuò, ma rimase un sottofondo disturbante, tanto rendere difficile prendere sonno. Vedendo il mio stato di agitazione, il mio compagno di stanza mi disse: << sono i motori a basso regime, i quali, rimangono accesi per caricare le batterie dei comparti frigo della nave dove, erano conservate le derrate alimentari.>> Finalmente sono riuscito a prendere sonno.

Sono stato svegliato per fare colazione, perché era in arrivo il primo gruppo di viaggiatori. Ho preso posto nella cabina, accendendo tutti i monitor, in modo da tenerli pronti per la registrazione di tutto quello che veniva detto dai passeggeri. Il gruppo salì a bordo, erano dieci persone, uomini e donne, i quali occuparono alcune cabine del primo ponte della nave. Il comandante mi comunicò che queste persone non dovevano essere ascoltate. Si trattava di normali di viaggiatori, i quali, insieme ad altri gruppi che si sarebbero aggiunti, contribuivano a dare un'atmosfera festosa e vacanziera. Comunque, mi sarebbe stato comunicato quando doveva iniziare il mio lavoro. Per il momento continuavo a rimanere inoperoso. Il flusso degli imbarchi si concluse. Sessanta cabine erano state occupate, solo allora il comandante della nave ordinò di issare l'ancora e mollare gli ormeggi. La nave si staccò dal molo e con i motori al minimo uscì dal porto di Mombasa.

Era iniziata la navigazione.

I passeggeri erano coppie che avevano colto l'occasione per visitare la città di Mogadiscio sull'Oceano Indiano, e risalendo, verso nord nel Mar Rosso, avrebbero visto le belle località della Somalia e dell'Egitto. L'atmosfera a bordo era rilassata e conviviale, tutto era offerto nel modo dovuto con un'attenzione anche al minimo particolare. Il servizio ristoro sui quattro ponti e di cabina sembrava avvicinarsi agli standard degli hotel a "cinque stelle". Anche la navigazione, sull'Oceano Indiano, procedeva senza intoppi, il mare calmo consentiva il completo relax sul ponte o sui terrazzini delle cabine. Mi godevo con gli occhi avidi di curiosità la navigazione. Avevo sempre sentito parlare di questo Oceano per la sua vivacità di specie marine e della costa che sembrava un qualcosa di artefatto ma l'azione combinata del vento, del mare e della sabbia aveva realizzato la bellezza di questi litorali, rendendoli molto suggestivi. Speravo di vedere i grandi mammiferi marini come la megattera e la balena blu, ma anche vedere gli squali bianchi durante la loro predazione. La nave si portò ad una distanza di dieci miglia   dalla costa, distanza ideale per fare questi incontri. Dopo qualche ora di navigazione abbiamo avuto la fortuna di verderli. Lo stupore non fu solo mio, ma di molti passeggeri, i quali, cercavano di immortalare con numerose foto la sensazione del momento. Erano le grandi megattere e per molti erano i mammiferi marini più affascinanti del mondo. I soffi della megattera alti dieci metri avvenivano ad intervalli di una decina minuti. Allora si rimaneva tutti in attesa della sua risalita in superficie, per ammirare l'imponenza della sua mole, e la maestosa coda che si inabbissava lentamente. Alcuni esemplari comparivano per buona parte della loro lunghezza fuori dall'acqua come a volersi concedere all'ammirazione degli sguardi increduli ed estasiati di chi l'osservava. Sembrava un tributo di riconoscenza, a quanti erano su quelle acque, per assistere allo spettacolo, come se fossero consapevoli di suscitare tanta ammirazione. Gli squali bianchi sono comparsi all'improvviso, fuori dall'acqua, in tutta la loro lunghezza, con la preda stretta tra le fauci, ma non sono riuscito a capire quale pesce era stato predato. Era uno spettacolo cruento dove la predazione sanciva chi doveva vivere e chi morire; allo stupore del momento, seguiva l'ammirazione silenziosa, di tutti viaggiatori, del macabro rituale che ogni giorno si ripete in natura. Il tratto di mare in quel momento attraversato era infestato da squali bianchi e la frequenza dei loro assalti lo testimoniava.

La navigazione proseguiva in modo piacevole, proprio su questa rotta stavamo per assistere ad uno degli spettacoli più belli ed indimenticabili che si verificano su questa costa: il tramonto. La discesa del Sole verso il mare catturava l'attenzione di tutti. Non c'era nessuno, sulla nave, che non si sentiva attratto dallo spettacolo che la natura offriva, in quest'ora del giorno. L'ambiente circostante si colorava di un blu tenue, affievolendo l'intensità luminosa del sole e con esso sfumavano i contorni della costa somala, fino al buio, interrotto da lontani e piccoli luccichii intervallati, dal raggio guida di un faro. Tutto era silenzioso, solo il rumore prodotto dalla chiglia e dai motori della nave toglieva, al buio, il silenzio angosciante che si percepisce durante la notte in mare.

Dopo qualche ora di navigazione, un ronzio in lontananza testimoniava che in questa parte di mare non eravamo soli. Il rumore, con il passare dei minuti, si faceva sempre più nitido fino a caratterizzarsi come il rombo di potenti motori di un motoscafo d'altura che si avvicinava velocemente verso la nostra nave. Il comandante diede l'ordine di accendere le luci sui ponti e il secondo ufficiale· svegliò tutto l'equipaggio. Anch'io sono stato svegliato ed ho dovuto raggiungere la cabina di ascolto e traduzione. Ho acceso tutti i monitor. Il motoscafo accostò a babordo (sinistra della nave). Dal trambusto che generò il natante sembrava non essere atteso. Confermava questa mia impressione il viso del comandante che sembrava non solo sorpreso, ma anche molto contrariato nel vedere tre uomini che erano a bordo del natante. Il comandante in lingua inglese chiese << Perché avete anticipato l'incontro, in acque territoriali somale, quando questo incontro era previsto nel golfo di Aden?>> Un uomo, con un giubbotto antivento gli rispose in francese:<< Sono un leader politico amico del suo armatore. Ho dovuto lasciare il nascondiglio dove ero, perché mi hanno comunicato che mi avevano intercettato e quindi quel posto doveva essere abbandonato al più presto. Spero che, l'armatore, vi abbia avvertito del mio imminente arrivo. Quindi ecco spiegato l'anticipo di questo incontro.>> Si aprì il boccaporto del primo ponte, quello per la discesa dei passeggeri, sulla banchina d'attracco e da questo passaggio l'uomo che aveva risposto al comandante, scortato dai due uomini, si è imbarcato sulla nave. Tramite il telefono interno ho ricevuto la comunicazione, di registrare tutto quello che veniva detto dalla persona che era salita a bordo nottetempo. La cabina occupata era la numero 90, sul quarto ponte con un balconcino a babordo ed una veduta di prua su buona parte del mare circostante.

È solo!

Dopo una ricognizione visiva degli ambienti della cabina, procede ad un controllo più attento del bagno, del salottino, aprendo i cassetti della piccola scrivania. Infine, passò nella camera da letto, aprì l'armadio a tre ante, controllando anche in questo caso la cassettiera al suo interno. Disfò il letto, guardando in particolar modo sotto di esso. Non capivo la sua diffidenza. Finita la ricognizione si è seduto, sospirando come a liberarsi da uno stato di angoscia. Si toglie la giacca a vento che l'ha protetto sul motoscafo, rimanendo solo con la camicia di lino celeste aderente al corpo magro, ma muscoloso. Indossa un pantalone blu con una cintura di pelle nera lucida; ai piedi dei sandali molto robusti adatti per camminare su ogni tipo di terreno. Non riesco a vederlo in viso perché è sempre girato di spalle alla telecamera. Dallo zaino prende un tappetino e lo distende sul pavimento della cabina, poi si leva i sandali e dopo aver lavato il viso e le mani, si inginocchia rivolto ad est per l'ultima preghiera del giorno. Capisco quello che dice e cerca nelle sue preghiere rivolte ad Allah. Nel mio precedente impiego, sul lago Vittoria, ho condiviso la mia stanza con due camerieri musulmani per qualche anno. Quest'ultimi, pregavano cinque volte al giorno in lingua araba e per questo conosco non solo il testo che recita, ma parlo anche questa lingua. Dopo aver recitato l'ultima preghiera, finalmente rivolge il viso verso la telecamera. I lineamenti che osservo non mi sembrano estranei. Ricordo di averli visti, non personalmente, ma sulle pagine di alcuni giornali presenti nelle sale comuni del "resort" dove lavoravo. I tratti del viso erano di colore nero, molto marcati, con occhi neri che guardavano tutto molto intensamente, come a voler andare oltre la presenza fisica. La linea del naso scendeva dritta e la parte finale, non eccessivamente grossa metteva in risalto labbra molto sottili, le quali, erano in armonia con resto del viso. Facevo appello alla mia memoria, cercando di ricordare chi era la persona inquadrata sullo schermo del monitor, ma niente affiorava alla mente. Prima di andare a dormire fece la doccia e dopo essersi asciugato, mise il pigiama che trovò sotto il cuscino del letto nella cabina. Spense la luce e si addormentò. Anch'io tornai nella cabina che condivido con Kalil, cercando di recuperare le ore di sonno. Da questo sonno non ho avuto ristoro, anzi fu un dormiveglia agitato, dove compariva sempre il viso del passeggero salito nottetempo. Cercavo in ogni modo di cogliere un ricordo remoto, ma in quel momento la memoria, non mi, dava nessuna risposta.

Dovevo aspettare, prima o poi, il ricordo, sarebbe affiorato alla memoria cosciente.

Con l'interfono, hanno comunicato a tutto l'equipaggio, di recarsi nella cambusa per il primo pasto del mattino, finita la colazione ognuno doveva raggiungere il ponte della nave per svolgere il proprio incarico lavorativo. Entrato nella cabina, provai una sensazione di gradevole refrigerio in netto contrasto con la calura asfissiante del mattino.

Accesi i monitor e quello della stanza numero 90 mi fece vedere il passeggero già sveglio, ed aveva steso il tappetino e rivolto ad est recitava la prima preghiera delle cinque previste dal Corano. Le cinque preghiere del giorno fanno parte dei pilastri della fede islamica, insieme alla testimonianza di fede, al digiuno nel mese del Ramadan, al pellegrinaggio alla Mecca e all'elemosina ogni giorno.

Continuavo a non ricordarmi dove avevo visto il viso della persona sullo schermo del monitor, ma appena entrò uno dei suoi angeli custodi, nella cabina, ricordai chi era e cosa aveva fatto, insieme a tanti altri in Ruanda.

Era uno dei generali del governo della repubblica del Ruanda ricercato, in tutto il mondo, per aver organizzato, pianificato ed eseguito, insieme ad altri, il genocidio, di un milione di ruandesi di etnia tutsi. Tutti giornali del mondo hanno scritto del massacro della popolazione di etnia tutsi, dal governo composto dai membri di etnia hutu. Leggevo le cronache della inumana brutalità di questo eccidio, sui giornali che comparivano nel campo, ma anche durante le pause di lavoro, in miniera, sentivo i tecnici americani esprimersi in modo duro nei confronti del Presidente della Repubblica e del suo governo in carica in quel periodo. È stato un massacro voluto, con la costruzione di una campagna d'odio, contro l'etnia tutsi, in modo tale che la ferocia della popolazione hutu, non avesse remore di nessun genere mentre metteva in atto lo sterminio. Venivano colpiti in modo indiscriminato ogni singolo appartenente alla etnia rivale, con un rituale tribale violento e macabro, in cui la pietà era scomparsa del tutto, e la cieca violenza non si fermava neanche davanti agli occhi supplichevoli di bambini e bambine terrorizzati per quanto vedevano e subivano.

Era il viso che compariva in molte foto, dall'apparenza gentile e serafica, ma nascondeva una malvagità che non avresti mai immaginato, capace di convincere i suoi seguaci a compiere ogni tipo di atrocità. Lui, il rais, Il signore della guerra, insieme ad altri capi del luogo, commissionò cinquecentomila "machete" da un'industria cinese. Ogni appartenente alla etnia hutu lo usò come strumento per compiere la vendetta covata, per anni, in cui loro sono stati sottomessi ad un vasallaggio umiliante, nei confronti di questa etnia molto diversa, anche dal punto di vista somatico.

Lui era una delle ragioni per cui lasciavo l'Africa.

Proprio nel "resort" sul lago Vittoria, dove lavoravo come cameriere, molti ricordavano il regime di terrore che ha costretto molti turisti e restare rinchiusi nelle stanze dell'albergo per non essere vittime di questo assurdo massacro. Adesso non mi accontento di ascoltare e tradurre le sue conversazioni, voglio scoprire le sue intenzioni, e tutti i perché che l'hanno convinto a salire sulla nave, lasciando l'Africa. Sono convinto che vuole sottrarsi alla giustizia del nuovo regime in Ruanda che lo ricerca per sottoporlo ad un processo dove, dovrà rispondere, insieme agli altri, di ogni singola vita cancellata, per appagare il suo sadismo sanguinario e violento non giustificato da nessuna rivendicazione politica, sociale e religiosa. Mentre l'osservavo, arrivò sul cellulare una chiamata, si affrettò a rispondere. Parlò in lingua francese, rassicurando l'interlocutore che tutto stava procedendo come programmato. Presto si sarebbero rivisti nella località fissata, lontana e tranquilla, dove avrebbero proseguito, verso un paese europeo, per vivere   serenamente insieme. Comunque, questa prima conversazione, sotto il mio controllo, non aveva niente di significativo.

Bussarono alla porta della cabina, riconosciuta la voce, di chi voleva entrare, la porta si aprì. Una delle guardie del corpo accompagnava un cameriere con il carrello della colazione. Uscito il cameriere l'ex generale consumò, con entrambi gli accompagnatori, il primo pasto del giorno. Parlarono fra loro, usando, un idioma hutu e quello che si dissero era degno di tutta la mia attenzione. Parlava di un prezioso carico che sarebbe salito a bordo, in prossimità del golfo di Aden, ma il tipo e la preziosità del carico non erano stati specificati. Trascrissi tutto sulle mie notes, in attesa di essere letto da chi in quel momento era il maggior interessato al trasporto di questo misterioso personaggio. Il colloquio con le sue guardie è continuato, con un riferimento alla situazione che li metteva in pericolo, per essere stati traditi da alcuni suoi seguaci arrestati. << Questi per non essere condannati alla pena di morte, hanno preferito l'ergastolo a vita senza nessuna prospettiva di condono. La loro scelta era subordinata ad una testimonianza circostanziata di quanto avevano commesso, ma soprattutto da chi ricevevano gli ordini per sterminare decine di migliaia di persone. <<Molti hanno fatto il mio nome. Ero il generale comandante dell'esercito ruandese, e gli ordini mi venivano dati dal ministro della difesa, la cui carica ad interim, era esercitata dal Presidente della Repubblica del Ruanda, a cui ero sottoposto. Non potevo oppormi, qualora lo avessi fatto, avrei subito ripercussioni personali e familiari. Quando, il mondo si è accorto di quello che stava accadendo, l'ONU, inviò un contingente militare francese e belga per proteggere gli appartenenti all'etnia tutsi.>>

Dopo aver pensato quello che voleva dire aggiunse:

<<Ma non è stato così. Quest'ultimi si limitarono a guardare, anzi in alcuni casi, diedero manforte agli hutu durante il genocidio. Sembrava che il mondo approvasse in modo silenzioso quello che stava avvenendo in Ruanda. Come a voler debellare questa etnia divenuta un ostacolo ai sofisticati accordi internazionali, i quali, avrebbero dato, alle due nazioni, la possibilità di sfruttare le ricchezze del sottosuolo ruandese che l'etnia tutsi non voleva concedere a nessuna impresa straniera. Tutto questo avveniva con compensi, di ingenti somme di denaro che non rimanevano in Ruanda, ma venivano depositate su conti cifrati esteri di cui solo io conosco i codici e le banche dove queste somme sono custodite. Ora la situazione è cambiata. Adesso sono costretto a fuggire e non voglio essere l'unico capro espiatorio del massacro. Non posso aver ucciso da solo un milione tutsi. Chiunque eseguiva gli ordini che riceveva provava piacere nel dare la morte. Queste condanne capitali avevano una ritualità macabra, dove la tortura costituiva il preliminare raccapricciante prima della morte. Spesso ero chiamato a presenziare, all'esecuzione degli ordini che avevo dato, devo dire che in me non c'era pietà. Anzi provavo un coinvolgimento personale, quando l'atto finale era l'oltraggio che veniva perpetrato alle donne ed ai bambini. Quando rientravo in famiglia, in me non era presente nessun rimorso mentre accarezzavo e baciavo mia moglie e mia figlia. Dopo la morte seguiva, come l'ultimo atto, il saccheggio, e da molti era ritenuta la parte migliore dopo il massacro. Quest'ultimo era riservato ai ministri ed ai generali dell'esercito governativo. La ricchezza conservata da questa etnia era tanta, e nonostante gli accaparramenti dell'elite politica e dei militari, rimaneva un bottino cospicuo da dividere fra coloro che partecipavano alla mattanza. Oro, gioielli, denaro e bestiame costituivano una parte del bottino, ma erano i depositi dove, venivano conservati i raccolti e le riserve alimentari, ad essere preferiti, costituendo la parte migliore della ricchezza a cui nessuno rinunciava.>>

Quanto diceva era sconvolgente. Descriveva l'orrore con la freddezza tipica del boia, senza ermozioni, nell'esercizio funzionale di un ruolo in cui si sentiva protagonista assoluto. Il mio rammarico era quello di non poter fare una copia della traduzione di quello che raccontava. Anch'io ero osservato dalle telecamere e pertanto sapevo che non era facile nascondere alcune parti di quanto traducevo. Era necessario comunicare, al comandante, la vera identità del passeggero salito nottetempo. Costui metteva in difficoltà tutti noi imbarcati, ma soprattutto il comandante poteva con questo imbarco essere accusato di complicità nel favorire la fuga di un ricercato da tutti gli organi di polizia internazionali. Chiamai con l'interfono il comandante e gli raccontai quello che avevo scoperto, l'ufficiale nel ringraziarmi mi disse << Sono stato informato anche dal direttore di macchina, sull'identità di questo personaggio.>>

Bussarono di nuovo alla porta della cabina numero 90, una delle guardie domandò chi era e nel sentire la risposta, aprì la porta e si fece da parte, consentendo l'ingresso del comandante della nave. Aveva il viso tirato per una notte poco tranquilla, con il sonno che non arrivava per concedere ristoro alla mente ed al corpo. Indossava una divisa di un bianco immacolato, con i gradi dorati sulle spalline, il viso abbronzato e gli occhi castano che guardavano dritti nella direzione di chi aveva davanti. I capelli corti, ben rasato con i lineamenti del viso decisi e duri, tipici di chi comanda e sente una personale responsabilità che l'ordine impartito deve essere eseguito con rapidità e precisione. Quando chiese un colloquio privato, lo fece in perfetto francese, con un timbro di voce che non ammetteva contraddizioni. Bastò un cenno del capo, del generale, ed i due accompagnatori lasciarono la cabina.

Dopo qualche secondo di silenzio, l'ex generale saluto il comandante e chiese scusa per la notte scorsa di essersi presentato all'improvviso, compromettendo tutti gli accordi presi in precedenza. Senza aspettare la richiesta di chiarimenti del comandante disse:<< Non potevo rimanere dove ero. Mi hanno comunicato che si erano avvicinati ad una decina di chilometri dal mio rifugio. La cosa immediata da fare era quella di lasciare il suolo africano. La caccia era minuziosa, stavano chiudendo ogni via di fuga e battevano ogni percorso alternativo alle vie principali. L'unico modo per sottrarsi alla cattura era d'imbarcarsi su questa nave, a quanto pare, al suo armatore, non gli è dispiaciuto aver incassato una parte considerevole dei dieci milioni di dollari ad operazione conclusa.>>

Terza parte

Il comandante visibilmente contrariato replicò:<< È un azzardo pericoloso che espone tutti i componenti dell'equipaggio imbarcati sulla nave, compreso me, il mio secondo ed il direttore di macchina. I passeggeri saranno sbarcati e la nave posta sotto sequestro, non so per quanto tempo. L'armatore potrà recuperarla, basta che dimostri la sua estraneità alla vicenda e sono sicuro che lo farà, addossando a me, che sono al comando della nave, ogni complicità con la sua persona. Io non so chi è lei e perché fugge, ma sicuramente sono convinto che lascia il suolo africano perché vuole sottrarsi ad un mandato di cattura, emesso dall'autorità giudiziaria del suo paese d'origine. Il solo pensiero di questa eventualità mi fa rabbrividire. Se la polizia doganale o la guardia costiera somala o etiope, per non parlare di quella eritrea ed egiziana, scoprono che lei è a bordo di questa nave, io sarò arrestato imprigionato e condannato a molti anni di carcere, per aver nascosto un pericoloso latitante, i quali, metteranno fine a tutto ciò che è la mia vita presente e futura.>>

Poi aggiunse:

<<Lei mi è stato detto di essere un leader politico che scappava per evitare il suo assassinio da parte dei suoi oppositori, ma da quanto ho saputo, dal mio direttore di macchina, lei è una persona molto diversa da quella che c'è stata raccontata. Lei, insieme al Presidente della Repubblica del Ruanda Gregoire Keybanda, ai ministri ed ai generali è responsabile dell'eccidio di più un milione di ruandesi di etnia tutsi. Ora sono qui di fronte a lei per sapere se quanto si dice sul suo conto corrisponde al vero oppure, sono solo dicerie per screditarla?>> La risposta alla domanda, fatta dal comandante, tardava ad essere data, come se sentisse la difficoltà di raccontare l'orrore che aveva causato, ma soprattutto doveva ammettere che lui era uno degli artefici del genocidio di tanti innocenti.

Era difficile trovare giustificazioni, per quanto aveva fatto e per la prima volta provava disprezzo per quello che era stato e non riusciva a formulare nessun discorso per raccontare sé stesso. È difficile raccontarsi e nel momento in cui si deve dire la verità, scatta un meccanismo di difesa che respinge l'identità che tutti gli riconoscono.

Voleva gridare che non era lui   e quella verità che gli veniva richiesta
di dire, non riusciva a raccontarla perché non gli

apparteneva. Sentiva un rancore profondo a stento contenuto in
presenza dello sguardo indagatore del comandante. Non trovava
nessuna forma verbale per giustificare ogni azione persecutoria
intrapresa contro l'etnia tutsi. Le ragioni, le motivazioni e le
rivendicazioni storiche sociali e politiche non potevano giustificare il
feroce accanimento contro tanti individui inermi, colpevoli di essere di
un'etnia diversa.

Raccontare sé stesso, non è facile, ma soprattutto, trovava indicibili
le parole da usare per dire chi era, e alla fine disse: << Io ho pagato
l'armatore e non devo dire a nessuno quello che ho fatto. Voi siete il
comandante di questa nave e dovete accettare la situazione e procedere
come era stato concordato precedentemente con l'armatore.>>

La risposta avuta, in quel momento, non è piaciuta al comandante
della nave, il quale stizzito replicò: <<Lei farà questo viaggio chiuso
nella cabina che gli è stata assegnata e qui riceverà tutti i pasti. Le sarà
consentito passeggiare sul ponte solo quando è autorizzato da me e
nelle ore che le saranno comunicate dal mio secondo in comando. I due
uomini che l'accompagnano dovranno essere sbarcati in prossimità del
primo porto, lungo la rotta, e lo raggiungeranno a bordo del motoscafo
con cui siete arrivati, attraccato a poppa della nave. Lei, con i suoi
accompagnatori, siete presenze ingombranti, difficili da giustificare
durante i controlli della guardia costiera e della polizia doganale. Da
questo momento non potete detenere armi personali, dovete consegnare
le vostre, insieme a quelle dei suoi accompagnatori, al secondo ufficiale
che le avrà in custodia, e vi saranno restituite, quando, i vostri
accompagnatori, sbarcheranno da questa nave. Quest'ultimi prima dello
sbarco e durante la navigazione devono stare in sala macchine, a
disposizione del direttore, il quale gli impiegherà nel modo che riterrà
più opportuno. Visto il silenzio sulla sua reale identità il nostro incontro
termina qui. Adesso comunichi ai suoi accompagnatori quanto le ho
detto sulle armi e sul loro incarico durante la navigazione. Ovviamente,
ogni sua richiesta deve essere comunicata al nostro centralino.>>

Non era il caso di tradurre il colloquio del comandante con l'ex
generale (da questo momento sarà solo (il generale), ma sono rimasto

molto sconvolto dalla difficoltà manifestata a volersi raccontare chi era e quello che aveva ordinato di fare.

L'incontro a cui ho assistito mi ha riportato alla mente quanto ci diceva padre Francesco, dell'ordine dei comboniani italiani, quando ci invitava a parlare di noi stessi. Il religioso, da quanto ricordo, diceva che parlare di sé stessi sembra semplice, ma bisogna avere un particolare stato d'animo per raccontarsi, sapendo che nel bene e nel male sei il protagonista di tutti i momenti che hai vissuto. Le azioni che intendi compiere ti costringono ad avere un ruolo, senza sottrarti, davanti alle difficoltà che le situazioni presentano e sei obbligato a dare le risposte che esse richiedono. Tutto inizia con la fanciullezza, e prosegue con l'adolescenza per definirsi con la maturità, rapprersentando i vari stadi della vita, i quali, devono essere affrontati per dare la connotazione dell'uomo o della donna che sarai. L'approvazione o la disapprovazione sono le conseguenze delle tue scelte e saranno proprio queste a fare di te la persona che vuoi essere. Ogni cosa che farai ti porrà di fronte al bene o al male e quasi sempre, le due entità, coesistono, e quando si presentano e non sempre sarai in grado di scegliere in modo razionale, la condotta comportamentale che vuoi.

Alle volte, la nostra mente è succube del nostro vissuto, il quale, conferisce, alla nostra azione l'impulsività, necessaria per appagare piaceri o tacitare i malesseri intimi. Quest'ultimi, rimangono tali, fino al punto, da essere nascosti, fino a quando, il nostro inconscio, non è più in grado di contenerli e allora esplodno in condotte aberranti. Il desiderio di rivalsa, presente in tutti noi, trova la sua esternazione nelle modalità più diverse, ed in assenza di freni inibitori, i comportamenti seguono l'istintiva crudeltà della ferocia, diventando più estremi ed incontrollabili, dando vita a manifestazioni violente di cui la storia umana è piena. Tante volte sono cultura e religione a dare le convinzioni e le ragioni sufficienti per scatenare la barbaria della guerra, del genocidio e della pulizia etnica. Ora capivo cosa voleva dire il religioso.

Il generale sembrava prigioniero del suo passato, difficile da cancellare, e non accettava nessuna considerazione attinente con il ruolo avuto nel passato. Egli si considerava, ed era convinto, di essere stato un esecutore di ordini e questo lo ha portato a pianificare lo sterminio in modo spietato e risoluto. Nessuna accusa poteva essergli mossa per quello che era successo in Ruanda. Direttamente non aveva mai partecipato agli eccidi,

erano stati i suoi subalterni, gli esecutori delle morti avvenute in due mesi, in una sequenza brutale, che si arrestava solo con la fine dolorosa e raccapricciante di tanti tutsi innocenti. Adesso il compito a cui era stato chiamato era finito e come un semplice dipendente, toglieva la tuta mimetica, per indossare gli abiti sgargianti della divisa da generale, nascondendo l'uomo malvagio che era. Ora, con i mezzi economici, in suo possesso, poteva avere una vita diversa, con la famiglia, in una nazione amica, dove sarebbe stato accolto e nascosto nel più totale anonimato.

Doveva allontanare, da sé stesso, il passato, perché quei luoghi sarebbero stati la memoria viva, che gli toglieva la serenità mentale che voleva. Non solo la distanza dal suo territorio, ma soprattutto, tenere lontana la possibilità di essere catturato e condannato a scontare una pena detentiva all'ergastolo, dopo aver ascoltato i racconti della ferocia di cui si era reso protagonista. Soprattutto, non voleva vedere il pianto doloroso di chi, in quel periodo, non si spiegava tanta crudeltà. Voleva tenere lontani i volti, dallo sguardo carico d'odio e faceva di tutto per non incrociare i loro occhi, i quali, li avrebbero ricordato quanto aveva tolto ai padri, alle madri ed ai figli, nella macabra rappresentazione di un delirio cosciente intriso di inumana malvagità. Il racconto della verità, lo intimoriva, temeva di essere privato della sua famiglia e provare l'impotenza di subire un dolore, troppe volte inflitto agli altri per il puro piacere dimostrativo di efficienza, convinto che lo sterminio andava curato, in ogni dettaglio, senza sbavature e intoppi. Doveva essere un'operazione asettica, senza ripercussioni o rimorsi, i quali, non avrebbero concesso ristoro al sonno degli hutu che partecipavano allo sterminio.

Era stata questa la sua volontà.

Da quando era salito sulla nave sentivo che niente sarebbe stato come prima del loro arrivo. Lo stupore che la navigazione fosse il paravento necessario per proteggere la fuga di una sola persona metteva tutto l'equipaggio in apprensione. Tutti, compreso il sottoscritto, pensavamo con preoccupazione alle ispezioni della polizia doganale ed a quella della guardia costiera. Le loro visite consistevano in una accurata ispezione di tutte le cabine e non ci sarebbe stato nascondiglio sicuro durante i loro sopraluoghi. Anche il controllo del bagaglio, dei passeggeri, sarebbe stato perquisito, come anche i documenti d'identità controllati. Il non averli sulla lista d'imbarco rappresentava un problema concreto durante le ispezioni.

Eravamo fuori dalle acque territoriali somale e non mancava molto per essere in quelle dello Yemen. Presto saremmo passati per il promontorio di Aden Anche se non era previsto, era il punto dove avremmo fatto sbarcare i due uomini che accompagnavano il generale. Fatto un ulteriore rifornimento di carburante e di acqua, in modo da attraversare senza difficoltà il Mar Rosso fino al canale di Suez.

Ma niente era certo, la traversata era lunga e presentava punti critici per la estrema conflittualità delle nazioni confinanti, ma soprattutto la distanza fra le coste africane e quelle arabe si riduceva, così tanto, da non sapere dove iniziavano i limiti territoriali di una da quelli dell'altra.

Il generale continuava a contattare, con il telefono satellitare, alcune persone a lui fedeli, con i familiari, ma soprattutto con esponenti politici francesi i quali si erano presi l'impegno di appoggiarlo per ogni esigenza, quale contropartita per i tanti favori ricevuti in Ruanda. Persino l'armatore, che non era partito da Mombasa con la nave, ha risposto alla sua chiamata e durante la conversazione, il generale, ha raccontato il colloquio spiacevole avuto con il comandante della sua nave. Quest'ultimo sembrava contrariato e assicurò il suo intervento presso il comandante, ma prima volle un ulteriore accredito sul proprio conto di tre milioni di dollari, per quanto stava, rischiando lui e la sua nave. Somma che fu accreditata in tempo reale, con una banca del Principato di Monaco. Il generale sembrava soddisfatto, aveva neutralizzato un possibile nemico, il quale, avrebbe reso, la fuga, difficile da portare a termine.

Abbiamo lasciato le acque territoriali del Kenya, e siamo entrati in quelle somale ma per prudenza, il comandante decise di matenersi in quelle internazionali, evitando in questo modo di incrociare le motovedette della guardia costiera di questa Nazione. All'alba stavamo superando il porto della città di Mogadiscio e il successivo approdo sarebbe stato il porto di Aden nello Yemen. Superato il corno di rinoceronte, cioè il promontorio, che per la sua conformazione territoriale somiglia ad una delle protuberanze dell'ungulato africano. Siamo entrati nel golfo di Aden e proprio in queste acque la situazione diventava difficile. La vicinanza alle coste della nazione araba non escludeva di essere intercettati dalle motovedette della guardia costiera yemenita.

Mentre pensavo a questa eventualità, il suono di una sirena, ci fece notare, confusa nel riverbero accecante dell'Oceano Indiano, una motovedetta della guardia costiera yemenita che si stava accostando alla nostra nave. I lampeggianti intermittenti blu divennero sempre più evidenti. Con l'approssimarsi alla nave gli altoparlanti di bordo ci ordinarono di fermare le macchine e ancorarci. Inoltre, ci comunicarono di voler salire a bordo per un controllo ispettivo. La motovedetta si era accostata al boccaporto di sinistra (tribordo), un ufficiale, con il grado di guardia marina, un sottocapo di prima classe e tre marinai salirono a bordo della nave, mentre il sesto militare rimaneva a guardia del piccolo natante che si era accostato. Il comandante accolse i militari insieme al suo secondo e al sottoscritto. La mia presenza era indispensabile per tradurre le loro richieste rivolte in lingua araba. Dopo aver consegnato e controllato i documenti inerenti alla proprietà, e trovati in regola si è proceduto al controllo dei rifornimenti, del carburante, dell'acqua potabile, delle derrate alimentari, del numero dei passeggeri, e la loro sistemazione nelle cabine dei vari ponti. Il comandante annunciò a tutti i turisti imbarcati ed a tutto l'equipaggio, attraverso l'interfono, di predisporre i documenti d'identità, le carte d'imbarco e di tenersi pronti per un controllo all'interno della cabina in quel momento occupata. Dopo, aver effettuato l'ispezione delle sessantadue (62) cabine, il comandante, sorpreso dai modi con cui si approcciava ai passeggeri, chiese dove era stato addestrato. L'ufficiale rispose: << In Italia nelle città di Genova, Livorno e Messina.>> Ecco spiegato il comportamento molto formale e rispettoso della persona, con cui si confrontava.

Dopo il controllo delle identità dei passeggeri fu la volta del personale di bordo, ai servizi di cucina, di sala macchine e di intrattenimento. Non ci furono ostacoli, solo il sottoscritto è stato controllato con diffidenza, dall'ufficiale, meravigliato per la conoscenza di quattro lingue, ma soprattutto non era convinto della mia provenienza. Continuava a pormi ulteriori domande e le mie risposte sembravano non essere convincenti. È dovuto intervenire il comandante, chiarendo che appena attraccati nel porto di Aden, si sarebbe imbarcato l'armatore, il quale aveva reclutato personalmente il sig, Patrick Sukuromo. Solo lui era in grado di chiarire tutte le circostanze del suo impiego sulla nave e garantito anche la sua identità. In procinto di sbarcare, chiese al comandante della nave di voler parlare con il direttore di macchina.

Aveva letto, sul passaporto di essere nato a Genova e quando lo vide gli pose la domanda: <<come si chiamano, nella sua città, gli scaricatori di porto.>> il direttore rispose:<< i Carrugi. >> Fu sufficiente questa risposta per iniziare un racconto, da parte del guardia marina, sul capoluogo ligure. Loro due parlavano in italiano ed era inevitabile che il discorso, oltre alle caratteristiche del posto, scivolasse sul derby della "Lanterna". Una partita di calcio fra due squadre, della stessa città, i genoani ed i sampdoriani; una rivalità molto chiassosa e folcloristica a cui aveva assistito in compagnia di alcuni commilitoni. Sembrava veramente finito il controllo ispettivo fino a quando l'ufficiale della guardia costiera volle sapere:<<Come mai un motoscafo d'altura era attraccato a poppa della nave?>> Prontamente il comandante rispose:<< Era stato incrociato, durante la navigazione notturna, abbandonato e alla deriva e per evitare un incidente è stato prudentemente trainato dalla nostra nave. Lo avremmo consegnato alla polizia doganale del porto di Aden.>> L'ufficiale della guardia costiera yemenita aggiunse: <<Purtroppo i controlli così, minuziosi, erano la conseguenza di un allarme internazionale diramato per catturare un generale dell'esercito ruandese, complice del massacro, di circa un milione di cittadini del Ruanda di etnia tutsi.>> Questo poneva il nostro comandante in una situazione terribilmente angosciante e difficile. La situazione si stava facendo complicata, dichiarare o non dichiarare dei clandestini a bordo avrebbe avuto comunque conseguenze deleterie in entrambi i casi. Non saremmo sfuggiti a tutti i controlli della polizia doganale nel prossimo porto di Aden. Quest'ultimo, infatti era una sosta obbligata della navigazione e proprio in questo porto dovevamo fare un rifornimento di carburante ed un caricamento di acqua potabile necessario per proseguire la navigazione verso il canale di Suez. Durante queste operazioni vi era l'eventualità, di un controllo della polizia doganale yemenita, dove ogni locale sarebbe stato passato al setaccio con un ulteriore controllo dei passeggeri e dell'equipaggio. La presenza dei tre clandestini metteva in difficoltà tutti.

Cosa fare?

Dichiarare la presenza di tre persone, non elencate nella lista d'imbarco, significava condannarli a morte senza un processo. Era una decisione che non poteva essere presa a cuor leggero, ma tacendo sulla loro presenza, il comandante esponeva sé stesso all'arresto, alla condanna a una pena detentiva di molti anni, compromettendo il suo presente ed il futuro. Stava giocando d'azzardo con la sua vita ed indirettamente con quella dei tre clandestini, a cui non sarebbero stati risparmiati, linciaggi fisici di ogni tipo, prima della condanna a morte. Doveva prendere una decisione e non sapeva quale e rivolgendosi a me come unico confronto per una forma estrema di solidarietà chiese:<<Cosa faresti?>> Non ci fu il tempo per articolare una risposta.

Il direttore di macchina era stato costretto a salire sul primo ponte, sotto la minaccia di sei uomini armati; i due accompagnatori del generale e quattro addetti alla sala macchine, ai quali, fu promesso un lauto compenso, se partecipavano al sequestro della nave, disarmando i militari della guardia costiera saliti sulla nave. La motovedetta venne fatta accostare all'altezza del boccaporto e l'ufficiale scese nella motovedetta insieme con un addetto alla sala macchine ammutinato per disarmare il sesto militare rimasto a guardia del natante. Dopo aver imbavagliato quest'ultimo furono fatti scendere gli altri, tutti imbavagliati, con le mani legate dietro la schiena. Il guardia marina fu anch'egli legato ed imbavagliato. Oltre alle armi vennero sottratte le chiavi di accensione del motore, lasciando il natante alla deriva nell'Oceano Indiano.

La nave era sotto sequestro, rappresentando una situazione difficile e drammatica anche per i passeggeri, i quali, si videro sconvolto il loro soggiorno e la crociera. Radunati nel salone ristorante, molti di loro spaventati, hanno tentato una reazione, ma un colpo di pistola sparato a scopo intimidatorio li ha costretti a desistere. Il generale liberato è salito sul secondo ponte e stava assistendo al pestaggio violento di due passeggeri che avevano cercato di reagire. Nonostante fossero inoffensivi, i pugni ed i calci continuavano. Ho cercato di fermare il brutale pestaggio, ma sono stato respinto e minacciato di uguale sorte se non tornavo insieme al gruppo dei passeggeri. Ad un cenno del generale i due si fermarono e quest'ultimo rivolgendosi a me chiese: << Chi sei? Come mai sei su questa nave? Da dove vieni e dove sono i tuoi genitori, ammesso che tu li abbia? Come mai conosci l'inglese, il francese, l'italiano ed anche l'arabo? Quello che più mi sorprende hai riconosciuto i nostri linguaggi idiomatici antichi, dove gli hai imparati? Rispondi alle mie domande e dimmi solo la verità.>>

Risposi:<< Il francese è la mia lingua madre. Ho lavorato in una azienda mineraria americana che estraeva Coltan e Tantalite e qui ho imparato l'inglese. Nello stesso periodo ho frequentato un programma di alfabetizzazione di una organizzazione umanitaria italiana, e alcuni padri comboniani mi hanno insegnato a leggere scrivere e parlare l'italiano. Quest'ultimi sono stati un punto di formazione linguistica, culturale e religiosa. I linguaggi idiomatici antichi gli ho appresi nel campo profughi in cui vi erano molti che li conoscevano e parlavano fra loro proprio perché non conoscevano altre lingue. Mia madre e la nonna con cui vivevo sono state uccise da un attacco di alcune milizie mercenarie che cercavano fuggiaschi, i quali, si erano rifugiati nel campo profughi. Ho lasciato il campo, e mi sono messo alla ricerca di un lavoro. Sono stato assunto in un albergo della zona dei grandi laghi, e dividevo la mia camera con due camerieri musulmani, i quali mi hanno insegnato a leggere il Corano in arabo. Ecco spiegata la conoscenza di questa lingua. Su questa nave, lavoro come interprete, per il comandante e cerco con questo impiego di lasciare l'Africa per una città europea, dove io posso vivere un futuro possibile, lontano da tutto l'orrore che ho visto in questi anni. Sono persone come voi, criminali assetati di gloria e di potere da cui fuggo, perché siete voi a non dare nessuna speranza a questo continente.>>

Il generale lasciò la sedia dove era seduto e lentamente si avvicinò. Un pugno sul viso mi ruppe il setto nasale, ed un secondo mi colpì all'arcata sopracigliare destra aprendo una ferita profonda e sanguinante. Non smisi di guardarlo e ciò provocò la sua reazione violenta sferrandomi un calcio in pieno addome, il quale, mi fece piegare in due per il dolore e mi provocò una improvvisa mancanza di respiro.

Ho perduto conoscenza.

Non so per quanto tempo sono stato privo di sensi, ma il dolore provato in ogni parte del corpo, al risveglio, mi fece capire che la brutalità del pestaggio era continuata pur essendo steso per terra inerme.

Il generale, si fece accompagnare da un suo uomo nella plancia di comando, dove poteva controllare meglio la navigazione. Finalmente di fronte al comandante disse: << Ora la nave è stata sequestrata da noi. Lei sarà obbligato ad eseguire i miei ordini, ogni rifiuto costerà la vita ad un passeggero, uomo o donna senza nessuna distinzione. Adesso dobbiamo fare rotta verso il porto di Gibuti. Qui faremo rifornimento di carburante e di acqua e di derrate alimentari, preventivamente ordinate. In questo porto, saliranno a bordo alcune persone di cui nessuno deve sapere le loro identità. Dia la rotta da seguire al suo secondo e al direttore di macchina, di avviare i motori, per una navigazione veloce e senza soste sino al porto che le ho comunicato.>>

La nave riprese la navigazione, allontanandosi dalla motovedetta della guardia costiera, costretta a rimanere alla deriva, in balia delle tempeste oceaniche.

Intanto, la radio di bordo continuava a farci sentire la voce dell'armatore, il quale, chiedeva con insistenza spiegazioni, sui motivi del cambio di rotta. Il generale non voleva aprire la comunicazione e ci obbligava a mantenere il silenzio. Alla fine, il proprietario della nave minacciò di rivolgersi a tutti i presidi di guardia costiera del tratto di mare dove stavamo navigando per sapere cosa era successo alla sua nave. Non saremmo sfuggiti alle ricerche effettuate con gli elicotteri, quindi bisognava mettere al corrente l'armatore della situazione creatasi sulla sua nave. Fu informato che non avremmo fatto scalo nel porto di Aden, ma in quello di Gibuti. Dalla voce sembrava molto preoccupato. La sua richiesta di parlare con il comandante gli venne negata e il generale tenne a ribadire: << Lei avrà come unico interlocutore, in questo lasso di tempo, solo me e nessun altro. >>

Nonostante la tensione palpabile a bordo della nave, la cambusa fu perfetta. il pranzo venne servito nel salone, rispettando i canoni internazionali, nella preparazione, come anche nella qualità dei cibi serviti ai tavoli. Tutto cercava di contribuire ad alleggerire le preoccupazioni di ogni passeggero.

Ma non fu sufficiente.

Il trovarsi costretti a passare ogni ora del giorno nel salone, sotto la minaccia delle armi non era una prospettiva allettante. Era ancora più inaccettabile, il sentirsi probabili vittime di una reazione, di un rifiuto o di una percezione intima da parte di uno dei sequestratori. L'atmosfera del momento non ci faceva stare tranquilli. L'angoscia aumentava, quando vedevano nello stesso salone, stesi per terra, tre uomini feriti e doloranti, pestati in modo brutale, senza provvedere ad un minimo soccorso sanitario. Allora sentivi il tormento, assalirti e con esso la disperazione, per essere parte di una situazione di cui non eri solo spettatore, ma eri il protagonista di uno scambio che oppone due volontà a confronto in un duello in cui l'obbedienza o il rifiuto determina la vita o la morte di chiunque è sulla nave. Era la consapevolezza di essere il malcapitato o la malcapitata di quel momento, e allora lo stomaco si chiudeva in una morsa attanagliante di cui non sapevi come liberarti.

Il generale era nella plancia di comando e guardava il comandante della nave, dare gli ordini per una correzione di rotta o modificare l'andatura della nave. Alla fine dopo un lungo silenzio rivolto al comandante ed al suo secondo precisò: << Il disprezzo che voi provate nei miei confronti rimane ed ho la consapevolezza di meritarlo tutto. Ritengo di non essere il solo   responsabile di quello che è successo in Ruanda. Ma quello che vi dirò in questo momento non è una giustificazione, ma devo avere il diritto di esporre le mie ragioni, le quali, non nascondono il mio ruolo, di partecipante attivo del genocidio di un milione di ruandesi di etnia tutsi.>>

Dopo una breve pausa prosegui:

<<Lei, deve sapere, che nel continente in cui io sono nato, vivere o morire non è più una lotta per la sopravvivenza, ma sono intimamente legate al possesso dei territori e del potere. Possedere è la ragione che muove il mondo, e da questo, deriva l'atto umano successivo che determina il dominio sui territori e sulle persone: "il Potere". Proprio l'Africa, il continente più vecchio, ma anche il più ricco, non ha risolto i conflitti tribali ed etnici tutt'ora presenti i quali continuano a cercare il possesso su di un territorio sempre più vasto, per un numero di persone sempre più numeroso e per un potere sempre più forte. Per ottenere tutto questo si scatenano conflitti sempre più cruenti, i quali, non trovano soluzioni. Anzi ogni tentativo, in tal senso, produce una recrudescenza sempre più violenta, la quale, non da adito a composizioni capaci di stabilire una serena convivenza tra le fazioni opposte. In questo clima un gruppo è riuscito ad essere prevalente

sull'altro e la supremazia, ha acuito le differenze, fino a farle diventare discriminanti e lesive della dignità personale di ogni individuo appartenente ad un gruppo diverso. I costumi, le tradizioni, i tratti somatici e gli insediamenti territoriali sono diventati una barriera, la quale non ha favorito il processo di integrazione. I tutsi, hanno voluto, e mantenuto la loro appartenenza fino, a formare un agglomerato umano distinto dagli hutu. Quest'ultimi sono accomunati, ai tutsi, dalla stessa lingua, dalle stesse tradizioni e professano la stessa religione, vivono nello stesso territorio, ma sono fisicamente diversi. La diversità somatica, con i tratti lineari ed armonici dei tutsi, hanno determinato le scelte dei sovrani, fino a dare origine ad un gruppo etnico che, con l'andare del tempo, ha sempre più caraterizzato l'appartenenza, diventando un'élite per i massimi vertici del regno e successivamente della Repubblica.

Tutta la promozione umana era subordinata alla etnia di appartenenza. Se fossi stato un tutsi, avresti avuto asili migliori, scuole sempre all'avanguardia, servizio sanitario esclusivo ed università sempre più prestigiose. Se invece eri hutu, la tozza fisicità, con i lineamenti del viso molto marcati ed irregolari, eri costretto a frequentare scuole, non molto formative, assistenza sanitaria limitata, lavoro pesante e mal retribuito ed abitazioni al limite della fatiscenza. Questo era il trattamento a noi riservato.>>

Continuando, dopo una breve pausa.

<<Anch'io ho subito la stessa ghettizzazione. Non c'era per noi il riconoscimento del merito. Nonostante gli incarichi militari rischiosi ed impegnativi, i quali, meritavano le giuste considerazioni; io sono stato scavalcato da un rampollo appartenente all'etnia tutsi. Dovevo essere generale da molti anni, ma ero hutu e quel grado non poteva essermi riconosciuto. Quando non puoi avere diritto al benessere, all'uguaglianza e alle possibilità migliori della vita, allora in te si accumula un sentimento di rivalsa pronto ad esplodere. Ha bisogno della scintilla e allora deflagra, con una carica distruttiva, brutale, incontenibile e dilaga colpendo tutti quelli che hanno provocato lo stato di tensione sociale. Nessuno è escluso. Uomini, donne e bambini, sono le vittime innocenti del massacro che non conosce limiti. Anche l'innocenza dei bambini non è stata in grado fermare l'orrore dei supplizi tribali del "machete" che hanno tolto la vita in modo torturante

e raccapricciante a tanti innocenti. La caccia ai tutsi è stata pianificata da me e doveva essere un'operazione asettica, mirata e non doveva lasciare strascichi, ma soprattutto senza generare il clamore che ha avuto. È stato un errore non chiudere le frontiere, molti sono scappati e con la fuga, il mondo ha saputo cosa stava accadendo in Ruanda. Ora scappo, perché non voglio essere catturato e subire un processo. Non voglio essere messo a confronto con il dolore dei sopravvissuti, i quali non avranno considerazioni pietistiche ed i loro sguardi, mi interrogheranno, per capire il perché di tanta crudeltà. Intere famiglie hanno dovuto subire il supplizio peggiore, assistere all'agonia dei propri padri, delle madri e dei figli prima di essere uccisi a loro volta. Il dolore, di ognuna delle vittime, nessuno lo può raccontare.

Erano sconosciuti ai loro carnefici e pertanto facilmente dimenticati perché l'incontro era solo l'atto finale delle loro vite. Scappo perché non voglio sentire il racconto dei superstiti, i quali narrano la paura avuta, la precarietà di ogni momento vissuto nei nascondigli e sentire l'insopprimibile disgusto espresso dagli hutu per gli appartenenti alla etnia tutsi. Scappo con la speranza di trovare un posto in Europa dove io possa vivere con la mia famiglia nel più completo anonimato, un'esistenza senza l'eventualità d'incontrare scampati all'eccidio, i quali pretenderanno giustizia per quanto ho fatto e sono stato. Può sembrare paradossale, ma ho molti amici disposti ad aiutarmi e sono sicuro di ricevere l'aiuto come atto di riconoscenza per quanto hanno avuto dal sottoscritto e dal governo di cui ero un rappresentante della difesa. Quindi sono disposto a tutto, pur di raggiungere la località dove potrò considerarmi al sicuro ma addirittura non dovrò più preoccuparmi di fare incontri, i quali turberanno il mio sonno. Ora pensiamo alla navigazione, cercando per quanto possibile di evitare ulteriori controlli della guardia costiera eritrea fino al porto di Gibuti.>>

Il radiotelefono di bordo ci fece sentire la voce dell'armatore. Ci comunicava di essere in viaggio per Gibuti dove si sarebbe imbarcato sulla nave e una volta imbarcato avrebbe chiesto chiarimenti su quanto era accaduto. Prima di chiudere la comunicazione, chiese di voler parlare con il sig. Sukuromo, il generale fece sapere di non poterlo passare perché attualmente indisposto. Il comandante sentito, quanto aveva detto il generale, chiese:<< Cosa gli era successo?>> Il generale rispose: << È stato strapazzato da me per aver insinuato di essere il responsabile delle morti della madre e della nonna, uccise nel campo profughi di "Bidibidi" da miliziani hutu, i quali, cercavano alcuni tutsi rifugiati nel campo. La sua insolenza nel guardarmi dritto negli occhi è stata la ragione del pestaggio. Ora giace per terra dolorante nel salone, insieme a due passeggeri, trattati allo stesso modo, dai miei uomini per un tentativo di reazione al sequestro.>>

Sentendo quanto aveva detto il generale, il comandante chiese con veemenza di scendere nel salone ristorante, per assicurarsi delle condizioni dei tre uomini. Gli fu concesso. Scese dalla plancia di comando e si recò nel salone, quello che vide lo preoccupò molto.

Quando il comandante mi vide ero irriconoscibile, il viso tumefatto con lo zigomo destro lacerato da un taglio profondo e sanguinante. Respiravo a fatica per i calci ricevuti in ogni parte del corpo, tanto da sentirlo un ammasso dolorante. Gli altri due erano ridotti peggio. Sentì il comandante chiedere, attraverso l'interfono, di mandare l'infermiere di bordo per prestare le prime cure. Dopo numerose richieste l'infermiere fu autorizzato a lasciare la sua cabina e raggiunse i feriti. Il paramedico rimase allibito per quanto vedeva. Si avvicinò presso i due passeggeri e il loro stare immobili lo preoccupò. Iniettò, per endovena, un antidolorifico per agevolare un buon livello respiratorio e favorire il sonno. Pulito il viso di entrambi e medicato e fasciato i tagli evidenti sulla testa e sulla fronte di ognuno, passò a me. Alcuni punti di sutura furono necessari al mio zigomo e visto il mio stato di sofferenza diede anche a me un antidolorifico per un recupero fisico attraverso il sonno. Finite le medicazioni rivolgendosi al comandante disse:<< I due passeggeri sono in gravi condizioni, hanno bisogno di una visita medica urgente o di un ricovero presso una struttura ospedaliera. Devono essere sottoposti ad accertamenti clinici e radiografici, per definire una diagnosi e di conseguenza le terapie e gli interventi chirurgici, necessari alla guarigione. Mentre il suo interprete, più giovane, se la caverà presto, senza però escludere di farlo controllare da un sanitario.>>

Il comandante, preoccupato si recò in plancia per parlare con il generale, ma appena entrato, il suo secondo discuteva, animatamente, con uno degli accompagnatori autore del sequestro della nave. Il motivo era il cambio di rotta a cui si era provveduto per non finire insabbiati nel tratto di mare. Il comandante intervenne spiegando che la manovra effettuata, dal suo secondo, era necessaria. L'accompagnatore, non soddisfatto, sferrò un pugno sul muso dell'ufficiale, provocandogli un taglio sanguinante all'interno della bocca. Il comandante non potendo reagire si rivolse al generale: << L'avverto, e sarà l'ultima volta, lei ed i suoi scagnozzi, non dovranno toccare più nessuno dei componenti del mio equipaggio e dei passeggeri su questa nave. Il primo atto di violenza nei loro confronti mi vedrà costretto a non fornirgli nessuna collaborazione durante la navigazione, anche se ucciderà uno dei passeggeri o un menbro dell'equipaggio. Sono sicuro che senza di me, lei, non sarà in grado di raggiungere il canale di Suez. Il tratto di mare, su cui stiamo navigando, è molto insidioso. Lei per attuare il suo progetto ha bisogno della mia collaborazione per ogni miglio di questa attraversata.>>

Stava facendosi buio ed io continuavo ad avvertire dolori in ogni parte del corpo e dopo essere stato aiutato a consumare la cena, anche questa volta preparata nel migliore dei modi dallo chef di bordo, sono stato portato in bagno. Nel tragitto dissi al mio compagno di cabina, Kalil, di ricordare al direttore di macchina dei fuochi. Il collega mi guardò stupito e allora aggiunsi:<< Lui capirà subito cosa ho voluto ricordagli con questa parola.>>

Il comandante, il suo secondo ed il direttore di macchina, hanno nei loro armadietti personali delle pistole lanciarazzi con numerose cartucce. Quest'ultime, se sparate, da distanza ravvicinata, possono essere armi letali. Era una possibilità. Dovevamo avere una speranza per ribaltare la situazione, la quale, era diventata critica e dai risvolti imprevedibili. Pensavo al periodo in cui analizzavo ogni possibilità di lasciare l'Africa e tutte mi sembravano pericolose e non garantivano il risultato. Quando sono stato ingaggiato, nel porto di Mombasa, dall'armatore di questa nave, mi sembrava di essere stato molto fortunato. Adesso mi accorgo di percorrere, la via più difficile, dove le insidie sono tante e non sempre facili da evitare. Il dolore si stava acutizzando ora mi interessava dormire e cercare nel sonno un ristoro che mi restituisse il vigore fisico di cui avevo bisogno. Sono stato riportato nel salone dove, uomini e donne, erano costretti a dormire seduti e chini sui tavoli o per terra, con la speranza della fine, di un incubo, il giorno dopo.

Sentivo il respiro, divenuto un rantolo, dei due passeggeri, ho fatto chiedere al mio collega un nuovo intevento dell'infermiere. Arrivato quest'ultimo, scosse il capo, come a volerci comunicare la sua impotenza visto come erano ridotti i due passeggeri. Poteva solo sedarli. E non fu possibile fare altro.

Il rollio della nave diventò il sottofondo notturno. Molti passeggeri alla fine si addormentarono. Solo il singhiozzare silenzioso delle due compagne resisteva nella notte, ma anche loro stremate, dall'apprensione e dal dolore, scivolarono, stese per terra, nel sonno.

L'alba annunciava l'inizio del giorno. Il chiarore con la salita del sole illuminò il salone ristorante, divenuto un accampamento, dove ogni coppia ha cercato un'intimità che dal mattino del giorno precedente, era stata negata a tutti. Ora era giunto il momento più critico per i sequestratori, i quali, erano costretti a concedere ai passeggeri la possibilità irrinunciabile di provvedere alle proprie intime esigenze, non più differibili. Il generale ordinò che si usassero i bagni del salone e quelli delle cabine adiacenti. Si entrava a piccoli gruppi dividendo le coppie. Le donne furono le prime ad usare i bagni, divise dai loro compagni, tenuti sotto tiro dai sequestratori. Quest'ultimi comunicarono che ogni situazione imprevista, loro avrebbero sparato sul gruppo colpendo a caso uno dei compagni. La tensione era altissima, ognuna cercava di soddisfare, le proprie esigenze personali, nel modo più rapido senza trattenersi più del dovuto.

Ci fu un momento in cui venne sfiorata la tragedia, e fu quando una donna sconvolta dalla tensione emotiva ebbe un malore che le fece perdere i sensi accasciandosi svenuta sul pavimento del bagno. Le grida delle altre nel chiedere aiuto agitarono i sequestratori. Le minacce furono terrificanti, tolsero le sicure alle armi, pronti a fare fuoco sul gruppo dei partners, in attesa. Nella agitazione collettiva si sentì la voce di un uomo: << Calmatevi tutti, la mia compagna è svenuta per lo stress emotivo e adesso deve essere rianimata.>> Chiese di poter entrare. Dopo un attimo di esitazione, il sequestratore permise l'accesso all'uomo per soccorrere la propria compagna. Uscì dal bagno con la donna in braccio e l'adagiò su di una poltrona, dove venne rianimata, passandogli sotto il naso del profumo.

Anche in sala macchine, venne stabilita una turnazione per adempiere alle proprie esigenze fisiologiche. Il primo fu il direttore di macchina. Dopo il bagno chiese se poteva recarsi in cabina per prendere una compressa per tenere costante la pressione arteriosa. Chi lo teneva sotto controllo era un addetto alla sala macchine corrotto dalle promesse dei due accompagnatori del generale. Sapeva di questa patologia e acconsentì alla richiesta. Il direttore di macchina, in precedenza avvisato, prese non solo le scatole delle pillole, ma anche la pistola lanciarazzi e delle cartucce, che mise nelle tasche abbondanti della tuta. Di questa possibilità doveva avvertire il comandante ed il suo secondo. Con tre di queste pistole, ed una azione coordinata si poteva davvero ribaltare la situazione. Doveva trovare il modo di parlare di questo al comandante.

Non era semplice!

Il pieno giorno coincise con la colazione e tutti parteciparono al rito mattutino. Anche il generale si fece servire la colazione in plancia, per controllare ogni miglio di rotta percorso dalla nave.

il secondo, in comando sulla nave, aveva bisogno di riposare. Era stato tutta la notte al controllo della rotta. Si sentiva stanco, spossato e con il labbro che gli doleva per aver avuto un pugno da uno degli accompagnatori del generale. Giovane, di ventisei anni, francese, aveva una preparazione professionale di buon livello ed una esperienza di imbarchi notevole, per la sua giovane età. Predilegeva navi grandi, dove metteva in mostra tutto il suo talento e anche il suo fascino. Biondo di carnagione olivastra, aveva occhi verdi smeraldo dallo sguardo intenso e a detta di molti ipnotico. Di immediata simpatia erano i modi con cui si relazionava. I passeggeri rimanevano colpiti dal suo accattivante sorriso. In divisa destava ogni tipo d'attenzione sia femminile che maschile. Il comandante organizzò un turno di tre ore con il suo secondo e lo mandò a dormire nella sua cabina. Prima doveva passare per la sala macchine e dire al direttore che in plancia, al governo della nave, vi era il comandante. Giunto in sala macchine, fece chiamare il direttore, il quale, accorse subito per ricevere le comunicazioni di rito. Il direttore dopo aver ringraziato per l'informazione avuta aggiunse:<< Nel suo armadietto, accanto ad un cofanetto porta strumenti ho dimenticato un opuscolo che mi è necessario quando devo migliorare la lubrificazione delle pompe. Era una comunicazione criptata, da capire all'istante, senza chiedere ulteriori chiarimenti, i quali, avrebbero insospettito il sequestratore. Dopo aver riposato le tre ore, l'interfono annunciò il cambio in plancia. L'ufficiale dopo essersi lavato, prese dal cofanetto la pistola lanciarazzi e la mise in un sacchetto di carta dove incluse anche dei biscotti, cercando di nascondere il contenuto. Il comandante fu avvicendato, dal suo secondo, il quale gli riferì: << Comandante nel suo armadietto, sul cofanetto porta strumenti è custodito un regolo, se poteva portarlo in plancia dopo il turno di riposo.>> Anche in questo caso, quanto era stato detto, doveva essere interpretato. Non ci furono chiarimenti supplemetari. Il comandante aveva capito subito cosa volesse dire quella frase, ed avrebbe provveduto immediatamente prima di addormentarsi.

La navigazione continuò, per qualche ora senza particolari manovre, ma c'era un punto, superato il golfo di Aden, dove i fondali diventavano pericolosi ed insidiosi per la loro scarsa profondità e la nave andava governata avendo la conoscenza dei luoghi. Il comandante era l'unico ad avere la padronanza necessaria per superare il punto critico. Era il superamento della strettoia di Bab El Mandab, molto vicina alle coste dello Yemen. Superata si entrava nel tratto di mare antistante il porto di Gibuti. Bastava un lieve scostamento della rotta e saremmo entrati nelle acque territoriali yemenite. Questa ipotesi era a scartare nel modo più assoluto. Per evitare ulteriori complicazioni ho chiamato la cabina del comandante ed ho chiesto il suo intervento. Il suo arrivo fu immediato, indossava un giubotto impermeabile, tale abbigliamento serviva per dirigere la navigazione dalle ali di plancia, le quali, sono esterne al corpo centrale, del comando di plancia. Le ali sono utilizzate quando la navigazione è a vista, e il comandante, attraverso una ricetrasmittente portatile, comunica le coordinate per la navigazione al suo secondo e il regime dei motori al direttore di macchina. All'interno del giubotto teneva nascosta la pistola lanciarazzi, ma non era quello il momento di tentare un'azione. La navigazione in quel punto era pericolosa e richiedeva una grande attenzione. Bastava una minima distrazione per far insabbiare la nave danneggiandola in modo irreparabile. Bisognava continuare la navigazione ed entrare nelle acque territoriali del piccolo stato africano ed attraccare nel porto della sua capitale: "Gibuti ".

Proprio per le sue limitate possibilità economiche, esso si prestava ad essere un punto di attracco lontano da occhi indiscreti ed era stato scelto per effettuare un rifornimento di carburante ed acqua potabile, ma serviva anche per far imbarcare esponenti della famiglia del generale. Ultimate le manovre di attracco, il primo a salire fu l'armatore, mezz'ora dopo sono salite a bordo della nave una donna, una bambina ed un uomo. Sono state alloggiate nella cabina numero

90, la donna e la bambina, mentre in quella adiacente, l'accompagnatore.

L'armatore, salito a bordo della nave non credeva ai propri occhi. Lo scempio non poteva essere commentato, ma quello che lo preoccupò molto, fu, vedere i tre feriti distesi sul pavimento, di cui due erano in stato comatoso, ridotti così dopo il pestaggio ricevuto. Volle parlare con il generale e quando lo ebbe di fronte chiese:<< Cosa hanno fatto per essere ridotti in quello stato. Si è reso conto che i due passeggeri, a detta dell'infermiere, sono in fin di vita e vanno sbarcati immediatamente per essere ricoverati in ospedale. Anche il mio interprete deve essere visitato da un medico al più presto.>>

Il generale quasi infastidito rispose:<< Se lei vuole la restante parte di denaro che abbiamo concordato, deve trovare un medico disposto a salire a bordo e fare quello che si deve fare sulla nave, adesso! Sono disposto a farle avere, sul suo conto, altri tre milioni di dollari, purché il medico arrivi e curi i feriti e noi leviamo l'ancora ed entriamo nel Mar Rosso, diretti alla volta del canale di Suez.>>

Il denaro non conosce rispetto e rappresenta un traguardo ambito da tutti. Non esiste persona che non sia affascinata e desiderosa di avere la possibilità di usufruire dei vantaggi che offre la ricchezza. Per avere questo si fanno e si commettono ogni sorta di raggiri, speculazioni, truffe, rapine, fino all'omicidio. Il denaro favorisce ogni percorso del male, nascondendo la motivazione di fondo che ne alimenta il desiderio, cioé il possesso; senza riguardo per le situazioni umane da considerare se non addirittura calpestare. Proprio il denaro produce ricchezza nella povertà, e si alimenta nelle situazioni estreme per ciò che è negato e dà immediata soddisfazione per il bisogno illecito, a quanti, usano sostanze proibite. Chiunque si oppone, all'accumulo di denaro, è un inciampo trascurabile e và rimosso anche se è necessario sopprimere la vita di chi in quel momento rappresenta un ostacolo. Niente deve impedire la possibilità di arricchimento facile e considerevole, dove quello che si è speso e una parte infinitesimale di quello che si è guadagnato e si sta guadagnando ancora. Loro non hanno un'anima, sono privi di moralità, e chi vuole guadagnare il denaro, in modo facile, sa quale sorte gli tocca. Ma non hanno paura, ma solo una rabbia cieca che non conosce limiti. Niente deve ostacolare il possesso e l'arricchimento. La loro avidità è un ostacolo a loro stessi. Inseguono l'illusione che, avere tanto denaro, li rende capaci di flettere ogni rigidità legale, per il proprio tornaconto, riuscendoci il più delle volte. Senza considerare che prima o poi saranno chiamati a rendere conto della loro improvvisa ricchezza. Non ci furono altre parole in proposito. Il denaro tacita le coscienze e trova ogni soluzione anche quelle impossibili.

L'armatore non fu molto contento di come era stato trattato, avrebbe sbarcato volentieri il generale con tutta la sua famiglia ed i suoi sodali a Gibuti. Ora i feriti costituivano un'emergenza che andava risolta al più presto, in caso di morte tutto diventava maledettamente complicato. A bordo vi erano anche le compagne dei due feriti le quali chiedevano con insistenza di essere sbarcate insieme con i propri compagni per un ricovero ospedaliero. Il generale non intendeva sentire ragioni, voleva che l'armatore trovasse un medico da far salire a bordo per cercare di prestare le cure del caso ai tre feriti. Con il satellitare cercò di contattare alcune persone che fosssero in grado di dare una risposta a quanto stava chiedendo, ma al momento non c'era niente di affermativo. L'urgenza di risolvere la situazione non concedeva soste, e dopo aver interpellato altri armatori e compagnie di viaggio, finalmente arrivò la telefonata di un medico, a cui era stata fatta la richiesta di un imbarco per curare i tre feriti. L'armatore propose l'ingaggio, ma prima di accettare il medico chiese se a bordo c'era un infermiere. Alla risposta affermativa, volle sapere da quest'ultimo come era la situazione. Il paramedico illustrò dettagliatamente quanto aveva constatato e quale terapia avevano ricevuto dopo le prime cure. Il medico si fece passare l'armatore chiedendogli: << Perché parlava lui e non il comandante della nave? Come era la situazione a bordo? Cosa era successo? Perché i feriti erano stati ridotti in uno stato comatoso?>> Non si poteva tenere nascosta la verità.

L'armatore raccontò tutto.

La comunicazione venne interrotta, e ci fu solo un lungo silenzio, da parte del medico, necessario per una riflessione prima di accettare. Dopo un'ora il satellitare dell'armatore trillò e lui riconobbe la voce del medico, il quale disse: <<L'infermiere mi ha illustrato la situazione. Ho capito che è molto critica e sono sempre più convinto di non accettare la proposta di salire a bordo e curare i feriti.>> L'armatore non si arrese. Chiese con molta insistenza di accettare l'incarico e se era una questione di prezzo lui era pronto a soddisfare ogni richiesta economica immediatamente. Il medico replico:<< Voglio un milione di dollari, accreditati sul mio conto adesso, prima che io salga sulla nave. Questa cifra la chiedo a garanzia del mio futuro professionale, il quale, sarà compromesso nel momento in cui uno dei due passeggeri o entrambi muoiono. Io dovrò dare molte spiegazioni, su queste morti, a cominciare dal non aver organizzato il ricovero in ospedale. Non sarà un'inchiesta facile e sin da ora non so dirvi come ne uscirò.>> Fu riferito al generale quanto aveva chiesto il medico e la somma richiesta fu accreditata.

Sotto la banchina dove era attraccata la nave, giunse un furgone da dove vennero scaricate alcune attrezzature necessarie per la dignostica in grado di formulare una diagnosi e stabilire un piano terapeutico appropriato. Uno dei sequestratori aiutò, insieme all'infermiere, il medico a salire a bordo, e portarono tutto nella medicheria.

Il generale chiese al comandante di dare i comandi per la partenza. Mollati gli ormeggi, issata l'ancora e avviati i motori, la nave prese lentamente il largo con rotta verso nord-ovest, entrando nel Mar Rosso. La distanza per raggiungere il canale di Suez è di 2250 km, pari 1214,90 miglia marine e ci voleva qualche giorno di navigazione ininterrotta, con i motori al massimo regime.

Il medico fece portare i feriti in infermeria adagiati in barella. Il locale infemeria era composto da una medicheria, divisa da una parete, una piccola sala operatoria, fornita della strumentazione necessaria per piccoli interventi chirurgici, ma era in grado di eseguire anche interventi urgenti non privi di difficoltà. Due cabine per le degenze con due posti letto dotati di sistemi di monitoraggio continuo h.24. Il medico rimase sorpreso per quanto vedeva e senza eccedere nell'ottimismo, gli sembrò meno estrema di quanto avesse immaginato. Comunque, i due passeggeri erano in condizioni gravi. Con l'aiuto dell'infermiere sottopose i due a radiografie ed ecografie, alla fine decise di somministrargli attraverso delle flebo un supporto di zucchero e sali minerali. Inoltre, presentavano delle costole rotte e per loro si fece ricorso ad una terapia antibiotica per scongiurare complicazioni polmonari. Per le difficoltà respiratorie ebbero entrambi bisogno di ossigeno, nella speranza di migliorare la respirazione. Per diverse fratture avute dovevano stare seduti immobili sui letti della cabina per le degenze. Infine, furono sedati. Il sonno era in quel momento la migliore terapia per avere una speranza di recupero. Il medico volle al fianco, dei due passeggeri feriti, le rispettive compagne, come ulteriore supporto al loro recupero.

La richiesta venne esaudita.

Quarta parte

Per il mio stato di salute, dopo una visita accurata, vennero riscontrate la frattura di due costole, la rottura del setto nasale, una spalla lussata, la quale, costrinse il medico ad immobilizzare l'arto destro sul mio addome, evitando così di muovere la spalla molto dolorante. Mi vennero somministrati degli antibiotici e per tutta la giornata dovevo stare seduto senza fare grandi movimenti. Non c'era posto nella medicheria, e l'armatore riteneva indispensale il mio recupero, e propose di sistemarmi nella cabina di monitoraggio, dove il suo uso era conosciuto solo all'armatore ed al comandante.

Era necessario sapere i programmi del generale, il quale, parlava con sua moglie in francese, mentre con i suoi scagnozzi parlava una lingua idiomatica, molto antica, simile al tigrino, e pochi la conoscevano e la parlavano. Lingua molto usata dalla popolazione ebraica, durante il loro insediamento nel IV secolo D.C., ora è parlata in alcune ridottissime comunità dell'Etiopia e dell'Eritrea. IL generale ha imparato questo idioma nel periodo in cui è stato addetto militare nell'ambasciata del Ruanda ad Addis Abeba, in Etiopia. Qui si parla ancora questo idioma da cui è derivato il tigrino, io invece, l'ho imparato da un sacerdote gesuita, il quale era nel campo insieme ai padri comboniani.

La navigazione continuava senza nessun intoppo, ciò era dovuto al costante mantenimento della rotta in acque internazionali, evitando ogni possibile controllo da parte della guardia costiera delle nazioni che si affacciano sul Mar Rosso.

A bordo dopo quanto era successo nei primi momenti, del sequestro della nave, i passeggeri mantenevano un atteggiamento prudente e nessuno voleva sentirsi colpevole delle azioni di rappreseglia indiscriminata da parte dei sequestratori. Il silenzio era un freno, che limitava la comunicazione all'essenziale, fra i passeggeri, costituendo così un elemento che non dava la possibilità di sapere le intenzioni degli altri. Altro elemento di divisione era la separazione fisica delle coppie. Uomini e donne così separati non consentivano nessuna possibile aggregazione. Quest'ultima riusciva ad essere determinante nel frenare ogni eventuale reazione, ma soprattutto permetteva, con un buon margine di sicurezza, il controllo dei passeggeri sotto la sorveglianza di un solo sequestratore. Colpevolizzare le azioni dei singoli, spingeva tutti a rimanere immobili, con la consapevolezza che ognuno di loro non voleva essere causa della reazione del sequestratore di turno. In questo salone c'era un'atmosfera tetra, dove gli eventi gioiosi avuti sembravano un ricordo lontano nel tempo.

Il comandante in plancia stava pensando, proprio nel tratto di mare attraversato, la possibilità, di fare un tentativo per riprendere il controllo della nave. Farlo da solo era sicuramente un azzardo. Era necessaria un'azione simultanea, con il secondo ed il direttore di macchina, solo in questo modo si poteva disarmare il generale e i due accompagnatori. Gli altri quattro addetti alle macchine, si sarebbero arresi, vedendo svanire la possibilità di avere il ricco compenso pattuito. L'azione doveva avere inizio disarmando il generale, puntandogli la pistola lanciarazzi in direzione degli occhi. Il comandante era determinato e non avrebbe esitato a premere il grilletto, della lanciarazzi di fronte a qualsiasi forma di resistenza sua e dei suoi sodali. Un proiettile, della lanciarazzi a distanza ravvicinata non era un'eventualità da trascurare, ma il generale voleva rimanere vivo senza rinunciare al suo piano di fuga, pertanto, era possibile una sua reazione capace di neutralizzare il tentativo di disarmarlo. Nel frattempo, gli accompagnatori dovevano essere disarmati e chiusi in una cabina per evitare rappresaglie da parte dei passeggeri, accomunati da un desiderio di vendetta, per il trattamento a cui avevano sottoposto i due passeggeri, il sottoscritto, e tutti loro costretti a condizioni estreme di sopportazione.

Il direttore di macchina doveva salire in plancia, ma come avvertirlo?

Il tramite per comunicare che, il comandante ed il suo secondo, erano pronti, al direttore di macchina, era l'addetto alle pulizie Kalil, compagno di cabina di Patrick. Dopo aver pulito la plancia, il comandante chiese se il direttore di macchina poteva salire in plancia, per spiegare una strana oscillazione, notata su alcuni manometri. Il generale, un po' sospettoso volle essere chiarita la richiesta del comandante, il quale spiegò: << Le lancette di alcuni manometri vibrano in modo inconsueto e questi sono collegati al funzionamento dei due motori della nave. Era bene che il direttore di macchina salisse in plancia per vedere di persona quanto stavano registrando gli strumenti.>> Dopo aver chiarito la richiesta, il generale diede l'assenso affinché il direttore di macchina raggiungesse la plancia.

Nella cabina di monitoraggio, dove ero stato condotto, le telecamere ed i microfoni, registravano le conversazioni fra il generale e sua moglie. Quest'ultima, esprimeva tutta la sua preoccupazione per l'attuale situazione che non aveva niente della tranquillità assicurata, negli accordi intercorsi con l'armatore. << Mi avevi parlato, di una crociera festosa e serena, ma appena mi sono imbarcata ho percepito un senso di angoscia in tutte le persone che ho appena intravisto. Il silenzio è assoluto. Non si sente il vociare dei passeggeri, non vedi nessuno passeggiare sui ponti o disteso sulle sdraio ad ammirare la costa, molto suggestiva e bella, nel tratto di mare che stavamo attraversando. Questo è inspiegbile, avvertivo un senso estremo del momento, come se fosse un preludio alla fine che incombe su tutti quelli imbarcati sulla nave. Tutto è deprimente e preoccupa, anche perché mi sento pervasa da un coinvolgimento totale in questa vicenda che non risparmia neanche nostra figlia, la cui innocenza è irrimediabilmente compromessa, per le colpe di suo padre. Tutti continuano a pagare, per questo eccidio, che tu dici di non aver mai voluto, ma imposto per un volere a cui non potevi sottrarti. Per amore ti ho creduto. Ho voluto condividere l'ipotesi di una nuova vita dove incominciare a vivere, proteggendo con la fuga, dal continente africano, nostra figlia che ha il diritto di vivere, senza sentirsi insozzata dalla vergogna di ciò che non hai mai fatto. Entrambi vogliamo questo, ma questa non è la strada giusta per ottenerla e costerà tanto a chiunque rappresenti un ostacolo al tuo delirio. Quest'ultimo finisce quando non ci sarà la possibilità di manifestarlo e allora dovrai nasconderti, come un topo, in luoghi, dove non possono cercarti "le fogne", e questo posto non posso condividerlo, né come moglie e tanto meno come madre di nostra figlia. Ho sentito il racconto raccapricciante di quello che è successo ai due passeggeri e all'interprete ridotti in fin di vita, perché hanno tentato una reazione. I primi due, pestati dai tuoi accompagnatori, ma soprattutto il tuo accanimento nei confronti del terzo, solo perché ti vedeva come la ragione che lo costringeva ad abbandonare il continente africano. Hai continuato il pestaggio perché sentivi che aveva ragione, ma soprattutto ti ha guardato dritto negli occhi, e il guardarti ha fatto vacillare la costruzione esteriore di quello che sei. Ha messo a nudo la nullità, l'incapacità personale, sempre nascosta, di essere un mediocre, ma assetato di onnipotenza fino al punto da diventare un pianificatore di morte in cui ti sentivi dominatore assoluto della vita degli altri. Il potere era il terrore che suscitavi e nessuno aveva capito che guardarti dritto negli occhi, in un estremo tentativo di suscitare pietà, decretava la condanna ad una morte orrenda. Ora mi dici tutto si risolverà presto, appena superato il canale di Suez, dove nessuno saprà di me, perché non ci sarà la memoria di nessuno a dire chi sono e cosa sono stato. Cosa vuol dire tutto questo? >>

Le ultime parole pronunciate mi hanno preoccupato. Non potevo scrivere la traduzione perché la mano destra era fermata in modo rigido sull'addome per permettere alla spalla di guarire. Dovevo solo comunicare a voce la traduzione di quello che avevo ascoltato. Come fare? Per fortuna il canale di Suez era ancora lontano e le occasioni non sarebbero mancate per riferire quanto avevo ascoltato.

Mi toccava attendere!

Nel salone, nonostante tutti i passeggeri fossero relegati al silenzio, il vociare sommesso faceva denotare un'accentuazione dei colloqui fra le coppie, come se avessero capito o saputo dell'ultimatum fatto dal comandante al generale sugli atti di violenza nei loro confronti. Un fare più bonario e meno minaccioso dei sequestratori si notava e tutti quelli costretti nel salone, sembravano fiduciosi che tutto si sarebbe risolto molto presto. Ogni singolo passeggero non riusciva a capire come tutto ciò era avvenuto si sentivano comparse o figuranti di una programmazione scenica stabilita in precedenza ed organizzata in modo tale da consentire l'imbarco del generale e dei suoi accompagnatori.

L'unico responsabile della situazione difficile e dolorosa era l'armatore, il quale non aveva saputo rinunziare al fascino della grande quantità denaro promesso se riusciva a far lasciare, il continente africano, al generale alla sua famiglia insieme ai suoi sodali. Però non si aspettava un tale risvolto della situazione sulla sua nave. L'armatore viveva un'angoscia allucinante. Vedeva negli sguardi dei passeggeri e dell'equipaggio la riprovazione per quanto stavano subendo per causa sua e non accettavano neanche la sua presenza nel salone dove erano costretti. Si doveva trovare un rimedio al più presto, prima che la navigazione fosse interrotta dalle motovedette dei presidi di guardia costiera delle nazioni che si affacciavano sul Mar Rosso. Volle fare un ultimo tentativo per convincere il generale a lasciare la nave e proseguire il viaggio in elicottero, atterrando a Porto Said, in Egitto, dove si sarebbe imbarcato con la sua famiglia, ed i suoi accompagnatori su di un'altra nave.

Quest'ultima avrebbe fatto scalo sicuramente nella città europea dove voleva vivere. Il generale non fu convinto della proposta fatta dall'armatore. Anzi pose condizioni molto più limitative all'accordo stipulato in precedenza ed aggiunse: << Lei deve fare di tutto per portarmi nel Mar Mediterraneo e farmi sbarcare nella nazione che lo ho indicato per avere l'ultima parte della cifra patuita. Se non mantiene quanto abbiamo stabilito io la uccido!>>.

L'armatore fu molto sorpreso dal nuovo atteggiamento del generale, fino a preoccuparlo molto. Forse era stato contattato da qualcuno in Europa e l'unico che poteva sapere con chi si era messo in comunicazione il generale: ero io.

Si fece autorizzare a farmi visita, ma non poteva evitare la presenza di un sequestratore. Quest'ultimo non doveva vedere la cabina in cui ero stato ricoverato per la degenza. L'unica occasione per incontrarmi, senza orecchie, indiscrete era durante il pranzo. Da me seppe tutto quello che era stato detto. Io gli ho riferito, oltre al discorso della moglie, l'ultima frase pronunciata "nessuno saprà chi sono e cosa sono stato". << Cosa voleva dire? Era una minaccia? Rivolta a chi?>>Non volevo manifestare ciò che pensavo. Erano pensieri terribili, ma vista la crudeltà del generale non avevo dubbi che avrebbe dato corso ad una strategia in cui nessuno di noi sarebbe stato testimone della sua presenza a bordo.

Solo ora l'armatore capì il senso dell'ultima frase pronunciata dal generale, durante il colloquio con la moglie.

Tutti quelli sulla nave, passeggeri e uomini d'equipaggio avevamo saputo chi era e da come si era evoluta la situazione, doveva dileguarsi, senza lasciare nessuna traccia, riconducibile alla sua persona. L'unica soluzione era quella attraverso l'eliminazione fisica di tutti i presenti sulla nave. Passeggeri ed equipaggio saranno sacrificati per ottenere il totale silenzio sulla sua persona. Quando aveva programmato la fuga dal continente africano nessuno sapeva chi era, tranne l'armatore. La considerazione fatta in quel momento gli fece capire che la sua vita era segnata. Lui non sarebbe sopravvissuto allo sbarco, in suolo francese, del generale.

Doveva reagire!

L'armatore non perse tempo, affrontò a muso duro il generale, chiedendo in quale porto della Francia la sua nave doveva attraccare una volta superato il canale di Suez. Non ebbe risposta, l'ulteriore insistenza fece scattare l'accompagnatore, il quale gli puntò la pistola alla fronte e gli disse: <<Non hai sentito il generale! >> Il comandante aveva assistito allo scontro e non ci volle molto a capire, di dover intervenire in quel frangente per rovesciare la situazione divenuta insostenibile. Un'occhiata al suo secondo e l'intesa fu immediata. Il generale fu sotto la minaccia della lanciarazzi del comandante e l'accompagnatore si vide la lanciarazzi del secondo puntata in direzione dell'orecchio. Entrambi non hanno fatto opposizione e sono stati disarmati. Anche l'armatore contribuì in questa fase facendosi consegnare le pistole, passandone una al comandante e l'altra la tenne per sé. Il secondo memore del pugno ricevuto, colpì l'accompagnatore sul muso facendogli sanguinare il labbro superiore. Ora era urgente disarmare gli altri due compreso i quattro addetti alla sala macchine ammutinati.

Bisognava avvertire e coinvolgere il direttore di macchina di quanto era accaduto in plancia. Il generale e il suo accompagnatore furono legati con i polsi dietro la schiena e con la stessa corda furono legati i piedi in modo da renderli immobili. Sulle labbra venne messo del nastro adesivo per evitare grida di avvertimento per gli altri sequestratori.

La riconquista della nave era iniziata, il generale ed il suo complice resi inoffensivi, chiusi ed isolati in una cabina del ponte numero quattro. Ora l'azione per liberare la nave doveva avvenire in modo rapido, senza dare, ai sequestratori, la possibilità di una reazione. Se non riusciamo a mantenere un minimo di coordinamento, fra noi, saremo sopraffatti fino ad essere condannati ad una morte certa.

Nella plancia di comando l'armatore raccontò quanto da me ascoltato, ma soprattutto soffermandosi su quale sarebbe stato l'immediato futuro non solo della nave, ma anche di tutti i passeggeri e dell'equipaggio su di essa imbarcato. Dovevamo essere sacrificati per permettere al generale una vita nell'anonimato, senza la possibilità di incontrare superstiti, i quali, lo avrebbe collegato allo sterminio di tanti innocenti in Ruanda. Ora il disarmo dell'unico accompagnatore del generale, e dei quattro macchinisti ammutinati doveva essere immediato, per evitare ogni possibile tentativo, di liberare il generale. Non dovevano rendersi conto che il generale era nostro prigioniero, una tale eventualità avrebbe avuto delle ripercussioni dannose. Loro erano nel salone, e tenevano sotto controllo il maggior numero di passeggeri e membri dell'equipaggio. Gli altri due macchinisti sorvegliavano la sala macchine ed in particolar modo il direttore di macchina.

L'interfono si collegò con la sala macchine e rispose proprio il direttore, il quale, riconobbe la voce del comandante che lo interpellava su alcune vibrazioni del timone. Alla fine della comunicazione fu pronunciata la parola chiave in cui si dava il via al tentativo di recuperare il controllo ed il comando della nave. Bastò la parola "fuochi" e il direttore di macchina puntò la lancia- razzi negli occhi del macchinista che gli stava a fianco disarmandolo, l'altro non ebbe il tempo di capire cosa stava accadendo, fu disarmato e sopraffatto dagli altri addetti di questo reparto della nave. I due macchinisti legati, ed imbavagliati e costretti in un locale adiacente dove venivano custoditi gli attrezzi necessari alla sala macchine.

La sorpresa era riuscita, ma adesso si doveva affrontare la situazione più difficile, i tre uomini che tenevano in ostaggio i passeggeri e l'equipaggio. C'era il rischio concreto che bastava un niente per scatenare una carneficina difficile da arrestare. Sarebbero morti in tanti, uomini e donne, senza nessuna differenza prima di disarmare i sequestratori.

Alla conta, eravamo armati, il comandante, l'armatore, il direttore di macchina e due macchinisti. cinque in tutto contro tre, ma la superiorità numerica non dava la certezza per una favorevole soluzione della situazione. Quello che preoccupava noi tutti, maggiormente, era l'altro accompagnatore del generale, il quale insieme con gli altri due macchinisti, teneva sotto costante minaccia delle armi il maggior numero di persone imbarcate. Un minimo tentennamento, un sentore imprecisato, una incomprensione poteva dar luogo ad una carneficina prima di essere sopraffatto o ucciso. Bisognava agire con determinazione senza far capire le nostre intenzioni, ma soprattutto non sentirsi vulnerabili e spaventati dal rischio di essere sopraffatti, mettendo in conto che in questa azione mettevamo tutti a repentaglio le nostre vite. Era uno stato d'animo angosciante, che rallenta l'agire individuale e dava corso ad una serie di pensieri che riguardavano la storia, gli affetti e le speramze di ognuno di loro. Quel momento era l'unica possibilità di sfuggire alla lucida programmazione di uno sterminio di centinaia di persone voluto dal generale il quale non avrebbe esistato, minimamente a mettere come priorità assoluta la sua vita, e non quella degli altri. Ci voleva il coraggio degli eroi, ma quello era letteratura, raccontata, senza tenere conto della paura, del dolore fisico e della morte, lasciando nello strazio più desolante chi doveva sopravvivere alla morte di ognuno di loro. Le conseguenze proprie non davano tregua ed intristivano l'animo dei cinque protagonisti, dove l'agire poteva essere considerata l'ultima chance per invertire il corso degli eventi. Potevano morire nel corso dell'azione, ma sarebbero stati comunque uccisi per uno scopo che non era il loro. L'unica possibilità di vita per tutti noi imbarcati era legata ad una azione che avrebbe fatto fallire i programmi del generale, interrompendo i suoi piani, i quali avrebbero messo in atto una strage in cui non si sarebbe salvato nessuno. Era necessaria una determinazione non comune per un'azione diretta, finalizzata ad arrestare il destino nefasto previsto per ogni singola persona imbarcata sulla nave. Vivere o morire, il momento non consentiva scelte, bisognava agire lasciando da parte le prefigurazioni e gli scenari, maledettamente dolorosi, i quali, frenavano la partecipazione attiva ad una azione rischiosa, la quale non doveva avere nessun margine di errore e non permetteva nessuna indecisione. Solo con un'azione decisa si poteva ottenere il risultato sperato, il quale, avrebbe ribaltato, e rimesso nel giusto ordine, la quotidianità della navigazione, fra le più belle città e coste dell'Africa.

Bisognava agire!

Ora si doveva studiare un piano, dove la sorpresa era determinante e doveva avere la certezza totale di riuscita senza spargimento di sangue o morti. Ognuno di loro doveva essere consegnato alle autorità giudiziarie ruandesi per essere sottoposti ad un giusto processo, dove le responsabilità sarebbero emerse tutte, infliggendo le condanne dovute ai colpevoli del genocidio orrendo di tante vittime innocenti.

La circostanza migliore per agire, si presentava solo durante i pasti, dove la sorveglianza, dava mostra di evidenti criticità nel controllare gruppi di persone che venivano servite ai tavoli, dal personale di sala. Solo in questo momento del giorno, poteva essere consentito un approccio comunicativo fra i passeggeri e il personale di sala, creando un diversivo per isolare l'accompagnatore del generale, allontanandolo dai due macchinisti. Uno dei camerieri inciampò, fra le scope messe apposta, per far cadere un addetto alla sala ristorante, il quale, accentuò la caduta. Era il momento migliore per accostarsi, inscenando un aiuto premuroso, in modo tale da mettergli un messaggio scritto nella tasca della sua giacca, sussurrandogli: << leggi e passalo ad uno dei passeggeri.>> Il cameriere lesse lo scritto e tutto gli fu molto chiaro, ma soprattutto si accorse di essere quello che, in quel momento, doveva scegliere l'altro passeggero, il quale, leggendo cosa era scritto, avrebbe agito di conseguenza. Il cameriere non ebbe difficoltà ad individuare il soggetto adatto a cui passare il messaggio scritto, con la certezza che avrebbe avuto il coraggio di dare corso all'azione. Tutti dovevamo essere pronti, l'occasione non avrebbe avuto altre possibilità, se non quella di provocare la reazione violenta dei sequestratori.

Arrivò il momento del pranzo, mentre si era seduti ai tavoli per ricevere il pranzo del giorno, si innescò un litigio con i componenti di un altro tavolo, i quali inveivano per una questione inerente al servizio di sala, e mentre stavano venendo alle mani, l'accompagnatore si allontanò dai due macchinisti e minacciò con la pistola in pugno, di stare calmi, altrimenti avrebbe usato l'arma colpendo uno qualunque dei contendenti. Fu l'attimo favorevole, il comandante con il direttore di macchina puntarono le loro armi dietro la nuca dell'accompagnatore intimandogli di consegnare l'arma. Quest'ultimo sorpreso abbozzò una reazione, ma fu colpito duramente dal comandante, tanto da fargli perdere i sensi, dopodiché, venne legato ed imbavagliato. I due macchinisti si arresero senza opporre nessuna resistenza.

Finalmente, la nave era di nuovo sotto il controllo del comandante e l'armatore tirò un sospiro di sollievo, rientrando nel suo pieno possesso. Il momento di godere della liberazione, non ci fu. I passeggeri si avvicinarono minacciosi ai tre sequestratori con l'intenzione di usare lo stesso trattamento a cui avevano sottoposto i loro compagni di viaggio ed il sottoscritto. Per il comandante non era ammissibile la giustizia sommaria, dovevano essere gli organi preposti a giudicare la colpevolezza e quindi infliggere le pene per tutti i loro misfatti. Ma non era facile dimenticare tutto quello che avevano subito. L'impedimento, a cui erano stati costretti, li faceva soffrire, provando una frustrazione latente, senza poter dare sfogo al desiderio di vendetta provato dalla maggior parte dei passeggeri. Il comandante ordinò al direttore di macchina di rinchiudere i due macchinisti e l'accompagnatore, nella cabina adiacente a dove era tenuto prigioniero il generale. Dopo il momento difficile vissuto, la cambusa fece del suo meglio quel giorno, offrendo un pranzo all'altezza dello standard che una nave di lusso deve garantire. Dopo il pranzo i passeggeri tornarono finalmente nelle loro cabine per ritrovare un momento d'intimità e di comfort da alcuni giorni negato.

Il comandante dopo aver controllato che tutto si era normalizzato, decise di fermare la navigazione in pieno Mar Rosso. Prima di proseguire si dovevano prendere delle decisioni sull'immediato futuro della nave. Cosa fare dei sequestratori catturati ed imprigionati e tenuti sotto costante controllo dagli uomini dell'equipaggio? Inoltre, si doveva affrontare e chiarire come ci si doveva comportare nei confronti degli occupanti della cabina n.90, della moglie con la figlia del generale e di quella adiacente dove era alloggiata la loro guardia del corpo. Non erano solo questi i problemi che si dovevano affrontare. Vi erano altre situazioni che andavano esaminate con urgenza assoluta. La prima fra tutte, era quella dei due passeggeri affidati alle cure del medico salito a bordo nel porto di Gibuti. Il comandante si recò nella medicheria e il sanitario gli espose un quadro clinico preoccupante, dove l'unica soluzione era rappresentata dal ricovero in ospedale per tutte le cure e interventi che sarebbero stati necessari alla loro guarigione. Mentre, io non presentavo un quadro clinico preoccupante, ma avevo bisogno di un consulto con uno specialista, in maxillo-facciale, per una sospetta microfrattura all'arcata sopraccigliare destra, la quale continuava ad essere dolorante e gonfia. Il comandante rassicurò il medico di un prossimo approdo per consentire il ricovero ospedaliero dei due passeggeri insieme alle loro rispettive compagne.

La situazione degli occupanti della cabina n.90 e della loro guardia del corpo in quella adiacente doveva essere risolta al più presto. La guardia fu chiamata dal comandante il quale, lo mise al corrente degli sviluppi avuti in quella giornata, e sarebbe stato conveniente consegnarsi, senza creare tensioni, le quali, avrebbero, sicuramente, compromesso il trattamento di sorvegliato e non di recluso. Tale trattamento gli veniva riservato vista la sua totale estraneità alle vicende degli ultimi giorni. La guardia accettò le condizioni proposte dal comandante della nave, consegnando le armi personali, ma chiese di continuare ad essere la guardia del corpo, della moglie e della figlia del generale, per tutta la durata della navigazione.

La richiesta venne accolta.

Attraverso il centralino della nave, il comandante chiese di parlare con la moglie del generale in presenza del suo interprete: il sottoscritto. La donna chiese una decina di minuti e poi sarebbe stata disposta a ricevere il comandante nella cabina in quel momento da lei occupata.

Ci aprì la porta una donna affranta, il suo viso dimostrava i segni di aver pianto molto, ma nonostante tutto rimaneva bello con i tratti armonici e delicati in cui gli occhi neri come l'opale, guardano con intensità e ti fanno percepire il proprio stato d'animo. Il colore della pelle non era tipico delle donne africane, ma presentava una colorazione più chiara, quasi creola, tipica delle donne di colore brasiliane, di cui avevo visto molte foto. Tutta la sua figura faceva notare, non solo l'armonia delle forme del suo corpo, ma vedevi l'eleganza dei movimenti e la padronanza misurata con cui li gestiva. I gesti precisi mettevano in evidenza la costante applicazione di una condotta educativa a cui era stata soggetta, per molti anni, fino ad essere dominata con estrema spontaneità e disinvoltura. Al suo fianco una bambina, di circa sette anni, con il viso che sembrava una miniatura della madre. Dopo averci fatto accomodare raccontò: << Mi chiamo Emile Dubois, sono nata in Francia, a Parigi, ed ho conosciuto mio marito all'ambasciata francese di Asmara, in Eritrea, dove ero al seguito dell'ambasciatore per un tirocinio diplomatico obbligatorio richiesto dall'università francese della Sorbona. Lui era addetto militare presso il consolato del Ruanda, con il grado di colonnello, nella stessa ambasciata. Era un uomo diverso, elegante, gentile, spontaneo, ma soprattutto aveva un grande desiderio, combattere la predominanza castale nel suo paese. In Ruanda tutto era subordinato all'appartenenza ad una etnia. In questa nazione le etnie che componevano la maggior parte della popolazione erano quella dei tutsi e degli hutu. La prima, quella dei tutsi era originata dalle caratteristiche fisiche e somatiche, le quali, davano ai suoi appartenenti il vantaggio di essere privilegiate in tutte le circostanze sociali, politiche e commerciali in Ruanda. Ogni privilegio, status e affermazione era appannaggio di questa etnia. Mentre gli Hutu per le loro caratteristiche somatiche non erano i destinatari di questi privilegi. Voleva abolire il classismo aberrante e penalizzante di cui erano destinatari gli appartenenti a questa etnia. Mi era sembrato un cavaliere di altri tempi, combattere la predominanza tutsi su quella hutu, era il suo impegno di vita. Annullare i privilegi castali non era facile, ma soprattutto ci voleva coraggio e questo è stato il lato romantico della nostra vicenda sentimentale, la quale, ci ha portato al matrimonio. Dopo le nozze, in Ruanda, c'è stato un colpo di stato che ha scalzato il governo in carica, formato da esponenti d'etnia tutsi, per essere sostituito da appartenenti dell'opposta fazione hutu. Per molti, il sogno si era realizzato, finalmente si aprivano scenari nuovi, capaci di dare considerazioni politiche, militari e sociali a quanti, per l'appartenenza castale diversa da quella al potere, avevano dovuto mordere il freno, accontentandosi di ruoli di secondo piano. Uno di questi, fu mio marito, al quale, gli venne riconosciuta la promozione a generale con incarichi coordinamento logistico alle dirette dipendenze del Presidente della Repubblica del Ruanda. Proprio questo incarico ha cambiato mio marito, fino al punto da non riuscire più a vedere l'uomo che mi aveva fatto sentire sensazioni uniche, profonde ed autentiche. Il potere era riuscito a modificarlo totalmente.>>

Dopo una pausa per asciugare le lacrime aggiunse.

<< Il Presidente formò la squadra dei ministri, e lui è stato incaricato della logistica, ruolo molto importante perché doveva organizzare l'apparato dello stato, ma era anche stato incaricato di salvaguardare gli interessi dell'etnia tutsi. Durante un viaggio, per essere presente alla conferenza "Panafricana", l'aereo su cui viaggiava, il nostro Presidente, fu colpito da un missile che lo fece esplodere in volo. Non ci furono superstiti. Il Ruanda rimase senza un leader che continuasse la grande rivoluzione castale. Il nuovo Presidente insieme con un gruppo di arrivisti di ogni genere prese il potere fino a farlo diventare persecutorio contro l'etnia tutsi. Mio marito ebbe un incarico che lo legava ad un rapporto diretto con il presidente della nazione. La sudditanza al Capo dello Stato ruandese, l'ha imprigionato in ruoli che lo obbligavano a comportamenti sempre più al limite ed al di fuori della legalità, compiendo azioni che non rispondevano a logiche politiche, con atti criminali, assurdamente violenti e privi di ogni remora morale. La promozione ricevuta riguardava l'incarico di pianificare lo sterminio della popolazione tutsi, i quali, non avevano mai avuto considerazione per le condizioni della popolazione hutu. È stato il punto di rottura del nostro rapporto matrimoniale.>>

Ci fu un'altra pausa. Lei aveva difficoltà a raccontare quanto era successo.

<<Ho saputo tutto questo, da sprazzi di conversazioni telefoniche, ma soprattutto dall'atteggiamento che alcune persone hanno dimostrato nei miei confronti. Alla gentilezza si era sostituita la paura di sbagliare, nonostante il mio modo, informale ed amicale, che avevo verso di loro.

Ricevevo come risposta comportamenti ossequiosi, i quali, facevano denotare una freddezza espressiva al limite della diffidenza. Avevo l'impressione di non essere bene accetta, e questa silente ostilità mi torturava, fino a sentirmi colpevole di un'inconsapevole mancanza nei loro confronti. Un giorno stanca di questi comportamenti, ho chiesto ad un farmacista perché la gente non mi sorrideva e cercava, in ogni modo, di stare lontana dalla mia persona. Il farmacista in un primo momento cercò di tergiversare sulle domande che gli ponevo, poi con la minaccia di rivolgermi a mio marito dicendogli:" Sono sicura che lui riuscirà a sapere le ragioni di questo comportamento". Il terrore avvampò il viso del farmacista e solo allora la verità venne fuori e devo confessarvi, ascoltai quanto di più lontano potessi immaginare di mio marito. Sapere non ebbe solo un effetto devastante, mi sono sentita come denudata di tutte le convinzioni di cui ero certa, e dentro di me è rimasto il vuoto che non dava speranza; mi toglieva tutto, come se la mia mente fosse una lavagna in cui un cassino immaginario cancellava ogni immagine, ogni ricordo, ogni atteggiamento di cui ero intimamente convinrta di ciò che lui era. Quando gli parlai di quanto avevo saputo, lui rimase sorpreso e volle sapere chi era l'informatore, ma non feci nessun riferimento alla persona che mi aveva raccontato tutto. Lui si difese dicendomi che non sapeva niente di questo genocidio. Era stato incaricato di procedere all'esprorio dei possedimenti tutsi, per darli a tutti quelli che avevano contribuito, in prima persona, ad instaurare un governo democratico voluto dalla maggior parte della popolazione Hutu. Sembrava che tutto stesse andando per il verso giusto, tranne alcuni episodi deprecabili, nelle zone del sud, ma presto sarebbe stato riportato l'ordine pubblico e questi episodi non si sarebbero ripetuti.>>

Poi aggiunse:

<< Il successore del presidente ucciso, non ha avuto riguardi per l'etnia tutsi. Una spoliazione, patrimoniale, sociale, fisica ed umana è

avvenuta, costringendo tutti gli hutu a partecipare, senza tentennamenti, al genocidio. Mio marito, per il suo incarico di governo e ruolo militare ha dovuto pianificare   lo sterminio.

La questione morale fu preponderante per opporsi all'obbligo che gli veniva richiesto di procedere alla pianificazione dello sterminio. Ma poi quando si è trovato di fronte alle persone che hanno reso concreta la ghettizzazione dell'etnia Hutu non ha avuto pietà. Il piacere vendicativo e criminale ha sostituito il ribrezzo per la violenza e chiunque era parte del contesto familiare tutsi subiva le sorti di un massacro generalizzato, incuranti che in questo gruppo ci fossero anche bambini. Non vi racconto quello che ho visto e sopportato, ma posso dirvi, quando il mondo si è accorto di quanto avveniva in Ruanda, noi siamo diventati il bersaglio, di un rancore non solo nazionale, ma mondiale, il quale. faceva terra bruciata ovunque volevamo andare.   Dovevamo vivere nascosti, come prede, le quali devono sfuggire alla caccia spietata di tanti cacciatori, affamati di giustizia che non volevano rinunciare alla nostra cattura. I giorni e le notti erano pervasi dall'angoscia di essere scoperti e tutto questo dava, alle nostre ore, un senso di precarietà assoluta, il quale, ci costringeva a lasciare tutto e fuggire. Partire per noi era lasciare ogni cosa, non dovevano esserci tracce, il nostro tempo di vita era solo il presente e la fuga non ci consentiva di avere un futuro. Il nostro vivere era dominato dalla paura, diventata la compagna di ogni momento del giorno e della notte.

I nostri pensieri non avevano ricordi, tutto era offuscato da questa sensazione. Quest'ultima entrava nella mente con le sue rappresentazioni, e lo sconforto ti assaliva e non dava speranza. Pensavi alla cattura, sapendo che, quel giorno, perdevo tutto di me stessa, e mia figlia Diana, sarebbe stata privata del supporto vitale della madre, vittima inconsapevole degli eventi. Ogni giorno, quando aprivamo gli occhi non sapevamo di chiuderli nello stesso posto. Era la paura a destarci, il più delle volte, nel cuore della notte. Bastava il bisbigliare notturno, di alcune persone, a farci restare svegli e vigili, durante la notte, ed aspettare l'opportunità propizia per abbandonare definitivamente il nostro ultimo nascondiglio. Mio marito mi diceva sempre: "Vai avanti da sola con nostra figlia". Ma io temevo di essere una facile preda nell'Africa di oggi, ma soprattutto mi spaventava lasciare sola mia figlia dopo un'incursione criminale, la cui sorte non oso immaginare. Così ho voluto ed avuto una guardia del corpo che mi doveva portare a Gibuti, dove avrei proseguito, con mia figlia, il ritorno in Francia, mentre lui, avrebbe continuato la sua vita senza di noi nel più completo anonimato. So che mio marito vi ha causato molti problemi, ma vi chiedo solo, di essere sbarcata con mia figlia e la guardia del corpo, nel primo porto in cui deciderete di chiudere questa angosciosa navigazione.>>

Il comandante disse: <<Che per questioni contingenti il primo porto sarà quello di Gibuti, dove saranno sbarcati i due passeggeri con le rispettive compagne per essere ricoverati in ospedale. Inoltre, il mio interprete dovrà essere sottoposto ad una visita presso uno specialista per gli esiti del pestaggio subìto da parte di suo marito. Lei sbarcherà insieme ad alcuni passeggeri, i quali dovevano concludere la loro crociera proprio nella capitale del piccolo stato africano. Alla fine del colloquio il comandante suggerì: << Cerchi di rifarsi una nuova vita dimenticando tutto quello che ha visto e vissuto per quanto possibile e cerchi di assumere una nuova identità, le sarà necessaria per continuare a vivere.>>

Il comandante ordinò la ripresa della navigazione verso il porto di Gibuti. Immediatamente convocò, il suo secondo, il direttore di macchina e l'armatore nella plancia di comando, dove si dovevano affrontare due questioni prima di arrivare nel porto. La più urgente era sapere la sorte dei militari della motovedetta yemenita lasciata alla deriva in mezzo all'Oceano Indiano. Erano stati recuperati? Oppure non avevano fatto ritorno alla loro base logistica ed erano annegati in una tempesta oceanica?

Il comandante sperava molto in un loro recupero, anche se sarebbe stato costretto a dare i dovuti chiarimenti sulla presenza, non dichiarata all'autorità di controllo, di tre passeggeri non elencati nelle liste d'imbarco. Era sicuramente una questione che avrebbe causato qualche danno alla carriera personale del comandante, mentre l'armatore, avrebbe avuto il momentaneo sequestro della nave. L'unico modo per saperlo, ed evitare ripercussioni, era quello di dirigersi verso il porto di Gibuti e consegnarsi alle autorità di polizia doganale dello stato africano. Questa scelta risolveva la seconda, non meno importante della prima, la consegna dei prigionieri. I sette prigionieri non erano più un problema di come sarebbe stata gestita la giustizia nei loro confronti. Il generale ed i suoi accompagnatori dovevano rispondere del genocidio in Ruanda, inoltre, erano accusati   di aggressione e percosse di due passeggeri e di un membro dell'equipaggio; ammutinamento, minaccia armata contro l'autorità marittima costituita; tentato omicidio dei militari durante il controllo della nave.

Per evitare sorprese il comandante, ordinò al suo secondo, di disarmare tutti quelli che avevano partecipato alla liberazione della nave. Anche   la pistola dell'armatore venne requisita. Per evitare sul nascere ogni ripensamento da parte sua è stato preferibile metterlo sotto sorveglianza, da due uomini dell'equipaggio.

Arrivati nel porto di Gibuti dopo le operazioni di sbarco previste abbiamo chiesto al presidio di guardia costiera locale se potevano informarsi su quanto era accaduto ad una motovedetta della guardia costiera yemenita, durante un controllo sulla nave "Ghibli", nelle loro acque territoriali. La risposta arrivò subito, la motovedetta era stata recuperata   e tutti gli uomini a bordo erano salvi. Comunicarono inoltre, un ordine di fermo, presso il porto attuale, della nave e il divieto di sbarco di tutto il personale che era a bordo in attesa delle comunicazioni giudiziarie che sarebbero state notificate al comandante, all'armatore, agli addetti di sala macchine, di servizio e di cucina, di sala ristorante e caffetteria e pulizia.

Con il fermo della nave, la crociera terminava, e tutti i passeggeri prima di sbarcare definitivamente hanno dovuto lasciare una dichiarazione agli organi di polizia doganale sui fatti avvenuti durante la navigazione. Tutto l'equipaggio, compreso il personale di sala e di intrattenimento, doveva rimanere consegnato sulla nave, fino alla conclusione dell'indagine giudiziaria aperta dalle autorità dello Stato del Gibuti

Ora iniziava la parte più difficile per il comandante, ma non sarebbe stata facile neanche per l'armatore. I fatti da raccontare erano tanti, ma soprattutto doveva essere spiegata la mancata denuncia, alla guardia costiera, dell'imbarco di pericolosi latitanti ricercarti dagli organi di polizia internazionali. Diventava estremamente necessario avere la consulenza legale di un esperto, in diritto internazionale, per difendere i due maggiori imputati, ritenuti tali, dalla magistratura yemenita. Il comandante convenne con il suo secondo che i difensori dovevano essere due, proprio per le circostanze i ruoli e gli interessi avuti. Un unico difensore sarebbe stato costretto a privileggiare le sorti di uno in danno dell'altro. Quindi, le difese dovevano essere distinte come erano stati diversi i ruoli avuti nella vicenda, i quali, con le loro scelte hanno determinato le situazioni di illegalità senza essere consapevoli a cosa andavano incontro. Erano differenze sottili, anche se in apparenza estranee, ma che hanno inciso sulla navigazione, esponendo ogni passeggero al rischio di essere ucciso per un niente. I capi d'accusa erano gravi e non si doveva dimenticare che al comandante gli era stato notificato il tentato omicidio di sei militari e per questo reato, nello stato arabo dello Yemen, era prevista la condanna a morte.

L'accordo scellerato dell'armatore con il generale stava, diventando una trappola di cui era difficile venirne a capo. Solo avendo l'opportunità di raccontare come tutto si era svolto e quali erano stati i motivi, per i quali, il comandante aveva taciuto la presenza dei tre clandestini a bordo della nave, poteva scagionarlo. Doveva dimostrare, in questo modo, non solo la sua innocenza, ma anche la sua estraneità per quanto si era verificato. Non c'era tempo per trovare soluzioni difensive, nel piccolo stato africano. Anche trovando qualcuno, disposto ad assumere l'incarico di difendere il comandante, quest'ultimo non sarebbe stato in grado di mettere in evidenza il giusto valore della condotta, oltremodo, garantista ed umana del comandante.

L'armatore era molto preoccupato, perché le maggiori colpe erano le sue per aver taciuto al comandante chi faceva salire a bordo, costruendo una storia la quale, avrebbe fatto presa sul senso di giustizia e di umanità che caratterizzavano i principi e la condotta del comandante. Per quest'ultimo, un perseguitato politico aveva la possibilità certa di un rifugio sicuro sulla sua nave fino allo sbarco, in una nazione, da lui scelta, dove la sua vita sarebbe stata protetta ed il suo impegno politico garantito.

Sicuro di questa eventualità, l'armatore ha stipulato un accordo vantaggioso con il generale in cui si impegnava, per dieci milioni di dollari, a sbarcarlo in una delle nazioni che si affacciavano sul Mar Mediterraneo, dove sarebbe sfuggito a qualsiasi tipo di caccia da parte dei superstiti del genocidio in Ruanda. L'armatore si è fatto versare un primo acconto di tre milioni di dollari, poi altri tre quando sarebbe salito a bordo della sua nave e gli ultimi quattro, prima di sbarcare nella nazione prescelta. Tutto questo doveva avvenire nelle modalità pattuite e nei tempi e nei luoghi concordati precedentemente. Il rispetto di questi accordi rappresentava una sicurezza per lui e anche per la nave.

Quando si è ricercati, tutto è aleatorio. Non ci sono certezze e la vita diventa un continuo spostamento per non lasciare tracce e neutralizzare ogni tipo di delazione. Allora vuoi uscire dal territorio dove vivi, braccato ogni ora del giorno e della notte. È un disagio ai limiti della sopportazione, divenuto ancora più angosciante perché devono essere protette la moglie e la figlia, anime innocenti, costrette anche loro alla fuga. Allora il generale chiese all'armatore di modificare il tutto e per non perdere l'accordo vantaggioso, lui ha accettato che il generale lasciasse il territorio africano suggerendogli, dove è la nave e come fare per raggiungerla. Nel frattempo, avvertì il comandante, che il politico perseguitato ha dovuto lasciare le coste del Kenia e con un motoscafo potente d'altura si stava avvicinando alla sua nave e lo raggiungerà nel cuore della notte in alto mare, concedendo l'asilo politico che egli richiede.

L'armatore conosceva bene chi era, ma tacere la sua identità, significava dare una possibilità concreta all'accordo per cui il silenzio risultava essere la migliore strategia per portare a termine il piano. Infatti, si sentiva responsabile di tutto, e le ragioni erano legate al mantenimento del possesso della nave.

Per essa aveva investito tutto, dedicato ogni giorno della sua vita, ogni risorsa, ma soprattutto, non aveva avuto scrupoli per ottenere la proprietà della nave, la quale era stata progettata per dare una parentesi felice con crociere indimenticabili ai passeggeri che vi salivano a bordo. Ora temeva il suo rientro a Gibuti. Non c'erano possibilità di accordo con il comandante e questo lo spaventava molto.

Avrebbe fatto l'impossibile per non mettere sotto sequestro il suo inestimabile patrimonio. La nave era tutto per lui, il suo regno, la sua casa, il suo mondo, dove si sentiva padrone e signore assoluto tanto da lasciarla raramente. Ora, essere consapevole della cruda realtà che, la sua nave, per un degenerato gesto altrui, le venisse tolta, obbligata ad un fermo della durata temporale, al momento non quantificabile, lo precipitava in uno stato di prostrazione assoluto. Questa forzata inattività avrebbe causato dei danni alle strutture della nave, le quali, avrebbero richiesto delle accurate ristrutturazioni in porti e cantieri attrezzati per farla tornare al suo autentico splendore. Non era il comandante l'artefice di tutto questo, ma il suo smodato interesse per il denaro. Quante volte il denaro ha condizionato le sue scelte di vita tanto da essere determinante in ogni sua azione. Il fascino di possederlo, è stata la droga che mi spingeva a fare cose al limite della legalità ed il più delle volte, era riuscito a sfuggire ai controlli delle autorità, provando un intimo piacere per avere, in una mistificazione ideologica, assaporato la gioia di una vittoria effimera sulla legalità, ma il tempo avrebbe sistemato i conti, come stava avvenendo.

Il comandante affrontò l'interrogatorio della polizia doganale del porto di Gibuti, raccontando i fatti come si erano svolti, precisando di aver taciuto, all'ufficiale della guardia costiera yemenita, la presenza dei tre clandestini a bordo, solo per evitare la condanna a morte senza le garanzie di un processo. Pensavo ad una soluzione, in cui il generale fosse consegnato alla polizia ruandese, dove l'iter giudiziario avrebbe fatto il suo corso fino alla sentenza definitiva nei suoi confronti. La possibilità mi è mancata. Il generale ha avuto la sensazione che stava per essere consegnato alla guardia costiera yemenita. Costretto dalla paura ha messo in pratica un'azione di sequestro della nave, costringendo noi tutti a seguire il suo delirante progetto, in cui la sottrazione alla giustizia del Ruanda, sarebbe costata la vita a tutti coloro che erano imbarcati sulla nave.

Il capo della polizia doganale disse: <<Voi siete approdati, precedentemente, nel porto di Gibuti, ma non avete segnalato nessuna anomalia, anzi il vostro armatore ha evitato il controllo della polizia doganale, dandovi la possibilità di riprendere la navigazione nel Mar Rosso, alla volta del canale di Suez.>> Per il momento tutte le dichiarazioni rese dal comandante dovevano avere i dovuti riscontri con quelle dell'armatore e di tutti i passeggeri sbarcati dalla nave. Sarebbe stato un confronto sicuramente lungo per stabilire la verità dei fatti ed avrebbe richiesto molto tempo.

La polizia dognale ha sbarcato il generale, i due accompagnatori ed i quattro macchinisti responsabili del sequestro della nave, traducendoli presso l'unica struttura penitenziaria del piccolo stato. Quest'ultimi, saputo negli interrogatori, le intenzioni del generale, hanno minacciato l'ufficiale a non farsi mai trovare da solo; lo avrebbero sicuramente ucciso. Intanto venne comunicato agli organi di polizia ruandese l'arresto del generale e dei due accompagnatori e la disponibilità, dello Stato del Gibuti, ad estradarli in tempi brevi per essere processati in Ruanda. Mentre i quattro macchinisti dovevano rispondere di tentato omicidio di tutti componenti della motovedetta della guardia costiera, abbandonata alla deriva nell'Oceano Indiano. Loro rischiavano la pena di morte. Lo Stato del Gibuti non aveva intenzione di estradare i macchinisti, sarebbero stati processati e condannati a scontare la pena nello stato africano.

Quarta parte

<< Solo al sottoscritto, fu riservato un trattamento diverso da tutti gli altri. Le mie dichiarazioni non convincevano la polizia doganale e in assenza di riscontri, mi hanno fatto sbarcare dalla nave e imprigionato. Vane furono le mie richieste di far testimoniare a mio favore l'armatore. L'armatore non testimoniò, e tuttora non capisco, il suo rifiuto a dichiarare le modalità d'imbarco, ma soprattutto stabilire la mia identità. Eppure, le mie osservazioni e traduzioni avevano messo in evidenza a quale sorte eravamo destinati tutti noi imbarcati sulla nave. Ero sicuro che incontrandolo, lui non avrebbe provato nessun disagio. Io invece lo avrei provato, guardando la persona che non era molto dissimile, nel suo egoismo, al generale. Forse anche per questo africano io ero ultimo, sacrificabile per non perdere la nave, gli agi, il sentirsi padrone della sorte degli altri considerati sottomessi perché lavoravano alle sue dipendenze. In Africa era difficile trovare lavoro e se lo trovavi, eri in balia di intrallazzatori, i quali, capivano il tuo bisogno di vivere e ti assumevano alle più inique condizioni. Per fortuna non riuscì ad incontrarlo. Lui non ricordava le modalità del mio imbarco, pertanto, mancando la dichiarazione che poteva scagionarmi, non rimaneva che attendere le risposte dai luoghi dove io avevo lavorato. In Africa i contratti temporanei d'impiego non sono scritti, spesso sono accordi verbali. Non esiste nessun tipo di documentazione, dove viene registrata un'uscita contabile, a me intestata, quale compenso per prestazioni lavorative effettuate. In assenza dei riscontri, il mio soggiorno nelle prigioni, dello Stato del Gibuti, sarebbe stato di mesi se non addirittura di qualche anno.

Ora mi sentivo senza speranza. Il confronto, con tutte le insufficienze degli apparati amministrativi degli stati africani, condizionano la vita di ogni cittadino che ha bisogno di un accertamento della propria identità. L'imbarco sulla nave stava rappresentando una speranza concreta. Lasciavo definitivamente il continente africano per avere una vita senza la paura di essere costretto ad accettare imposizioni inumane e assurde, le quali, ti obbligano ad essere servile al potente di turno. Il viaggio sulla nave rappresentava la libertà il distacco definitivo da tutte le pretese violente che ti fanno sentire un disadattato privo delle necessarie risorse per affrontare la vita e il mondo. Esperienza, istruzione e serenità sono i pilastri per l'affermazione sociale, ma tutto questo non c'era neanche in minima parte per noi africani. Siamo diventati gli ultimi del mondo incapaci di tutto ma soprattutto popolazioni senza dignità. Chiuso in questa cella mi manca il confortante riconoscimento di essere utile, e sulla nave lo vedevo con il comandante, quando traducevo i colloqui in lingua araba fra lui ed i passeggeri. Oppure le conversazioni in italiano con il direttore di macchina.

Erano momenti in cui mi sentivo di offrire, le mie capacità a quanti, su quella nave, avevano un bisogno immediato di comunicare per risolvere piccole criticità personali. In questa cella, mi manca di vedere gli occhi sorridenti degli altri, i quali rafforzavano il loro grazie, non solo con le parole. Solo, con l'unico pensiero di uscire al più presto. Sentivo dentro di me una tristezza torturante, la quale si allentava quando venivo chiamato dal capo della polizia, per darmi ragguagli sulle ricerche che loro stavano effettuando su mia indicazione. Niente, nessuna traccia del mio passaggio, degli impieghi nei posti che avevo comunicato alle autorità di polizia doganale. Ero un'entità fantasma, un mai vissuto, eppure in quei luoghi io avevo lavorato. Possibile che nessuno si ricordava di me, nonostante gli sforzi per imparare la lingua araba dai due camerieri con cui condividevo la stanza nel resort sul lago Vittoria? Forse erano andati via; oppure avevano avuto il divieto dalla proprietà di non dire nulla della mia presenza. Non potevo ricevere la visita del comandante, ero indagato e pertanto, non erano ammessi contatti diversi da quelli con la polizia doganale.

I giorni trascorsi in cella cominciavano ad essere tanti, e la mia situazione non migliorava. La mancanza di notizie non accendeva la speranza, i luoghi indicati erano stati verificati e tutti hanno dato esito negativo. L'ultima possibilità era rappresentata dal presidio di polizia della città più vicina al campo profughi, dove io avevo richiesto di avere certificata la mia identità. Sentivo dentro di me una grande preoccupazione nell'attesa di questa risposta. In mancanza, io potevo essere portato ai confini dello stato, in cui ero imprigionato, con il divieto di rientrare pena una condanna al carcere duro per molti anni. Si ricominciava tutto, e questa volta senza le possibilità economiche, senza un documento d'identità e senza un posto da dove poter ricominciare. Partivo dal nulla e con questi presupposti niente poteva essere certo, rimanevo in balia degli eventi che potevano capitarmi, senza sapere se potevano essere favorevoli o no. Tutto mi tormentava, anche la notte era un silenzioso dormiveglia, in cui il sonno subiva gli assalti angoscianti della situazione che vivevo. Il riposo notturno continuava ad essere un'appendice sgradevole del giorno appena trascorso. Con la colazione cominciava la nuova attesa, un grido dei sorveglianti, la chiamata del mio nome, ma poi il silenzio che seguiva confermava qualcosa d'altro.

Un mattino mi sono svegliato fiducioso, come se un qualcosa fluttuasse nell'aria cercando il luogo adatto dove manifestarsi per lenire le angosce di chi vive nella speranza di una risposta. Questa sensazione rimaneva sospesa, come se non trovasse il momento adatto per concretizzarsi, liberando la sua energia capace di dare gioia, speranza e voglia di vivere a chi in quel momento ne aveva bisogno e l'attendeva. Finalmente la notizia arrivò.

Dopo la colazione fui convocato nell'ufficio del comandante della polizia doganale, dove sono stato messo al corrente dell'accertamento positivo, presso il presidio di polizia dove avevo richiesto la certificazione della mia identità. Sono stato rilasciato con i miei documenti e potevo andare dove volevo. All'uscita, dal posto di polizia doganale, erano ad attendermi, il comandante della nave, il suo secondo ed il direttore di macchina. L'accoglienza fu calorosa, la loro presenza dimostrava una benevolenza certa, nei miei confronti, ma anche una forma di gratitudine per essere stato l'unico che ha rischiato personalmente la difesa dei due passeggeri brutalmente percossi, fino a ridurli in fin di vita.

Ritornava la speranza e il benessere fisico e mentale che mi procurava è durato solo qualche giorno. Adesso mi trovo a riorganizzare me stesso, ma di una cosa ero convinto, dovevo lasciare il suolo africano. L'imbarco sulla nave, pur rappresentando una soluzione, non era definitiva, la meta era lontana e una volta raggiunta, ero solo ad affrontare tutte le situazioni che si presentavano, e una volta superate non erano semplici da mantenere visto che erano difficili anche per i cittadini nativi del posto in cui sarei giunto.

Quando tutto sembrava a portata di mano, ora sembrava lontano con una difficoltà in più, quale quella di ritrovare l'entusiasmo nel programmare le tante cose necessarie per realizzare il mio sogno. Sentivo dentro di me un freno, il quale mi impediva di iniziare una nuova avventura, la quale, sembrava più ardua del solito. Mi trovavo in uno stato che affaccia sul Mar Rosso con la sola alternativa di trovare un imbarco per lasciare l'Africa. L'altra senza ombra di dubbio, la più rischiosa, era rappresentata dal deserto. Un luogo dove sapevi di partire, ma non avevi la certezza di arrivare. Non era questa la via da percorrere per lasciare l'Africa.

Affrontare il deserto da solo era un'impresa ai limiti del possibile, non ci vuole solo coraggio, ma bisogna avere riferimenti precisi e necessari, quali, i posti dove bere, mangiare e dormire, senza di essi, non si poteva superare il prosciugamento fisico dovuto al caldo torrido, delle ore più calde del giorno, che ti conduceva alla morte, rimanendo una memoria di ossa anonime rinsecchite dal sole e dal vento. Non volevo finire così, non mi sembrava giusto. La mia vita non può avere valore per me stesso, non ha alcun senso vivere così, come milioni di africani sono costretti a vivere oggi. Ognuno si trova solo a combattere, sperare, in una miseria comune, in cui la sopraffazione diventa il comportamento determinante per ambire ed ottenere ciò che ti allontana dal niente in cui sei costretto a vivere. Non volevo essere una definizione, ma meritavo la giusta considerazione che mi includeva in un contesto sociale con le mie peculiari specificità, utili a me stesso ed anche agli altri. Non so come si concluderà il mio esodo, ma di una cosa ero sicuro di avercela messa tutta per non fallire.>>

A Gibuti, questo piccolo stato africano, non presenta alternative occupazionali. Buona parte di questo territorio è occupato da contingenti militari delle nazioni europee, i quali non offrono nessuna possibilità di impiego, persino il contigente italiano, non aveva bisogno di un interprete o di un tuttofare per le esigenze logistiche necessarie in questo territorio. Parlai di tutto questo con il comandante della nave, il quale mi ascoltò attentamente, ma alla fine mi disse: << Per il momento nessuno può lasciare il porto di Gibuti. Siamo costretti ad attendere il processo che, sarebbe iniziato tra qualche giorno.>> Dobbiamo attendere tutti l'inizio del processo e la relativa fase dibattimentale. Quest'ultima era il momento in cui si dovevano esporre, alla corte, le argomentazioni dell'armatore e del comandante. Queste, dovevano chiarire cosa era successo di anomalo sulla nave, stabilendo le responsabilità a vario titolo degli imputati, comminando le pene a coloro che avevano partecipato al sequestro della nave e alla complicità dell'armatore nell'organizzare la fuga di uno dei responsabili del genocidio.

Il comandante era preoccupato, sentiva la necessità di chiarire la sua posizione per quanto era accaduto a bordo della nave. Anche se i fatti dimostravano il contrario, lui voleva essere messo a confronto con l'armatore. Proprio il confronto, in sede dibattimentale poteva far emergere la sua estraneità alle situazioni verificatesi sulla nave, mettendo in evidenza che la sua presenza, il suo grado e il ruolo ricoperto non dovevano essere considerati come una partecipazione attiva a quanto era successo durante la navigazione.

Dove attingere la verità che poteva scagionarlo?

Al sottoscritto, gli venne in mente che nella prima fase del sequestro giudiziario, della nave, tutti i passeggeri, i membri dell'equipaggio, il personale di sala e di intrattenimento, hanno dovuto rilasciare una dichiarazione scritta di come si erano svolti i fatti durante la navigazione. Se non c'era intento malevolo, tutte le dichiarazioni scritte, raccontavano le tante verità vissute da ogni persona imbarcata sulla nave. L'insieme dei racconti formava l'unica testimonianza che i giudici dovevano tenere in debito conto. Solo in questo modo il comandante veniva scagionato da ogni accusa che lo riguardava e poteva tornare libero di mettere la sua esperienza, di comando su altre navi da crociera.

Era il punto fermo della propria difesa da sostenere.

Non era facile presentarsi in un processo senza il patrocinio di un legale e non esisteva al momento nessuna possibilità di trovare legali disposti a difendere il comandante della nave. Questa difficoltà con l'avvicinarsi del giorno dell'inizio del processo diventava sempre più preoccupante, facendo sentire un disagio angosciante che non dava serenità. Soprattutto sarebbe mancata la linearità nella costruzione difensiva, circonstanziata di come si sono svolti i fatti, adottando nella esposizione i termini giuridici previsti dal diritto internazionale. Lui non era un legale, ma gioco forza doveva diventare il difensore di sé stesso.

Il comandante, il suo secondo ed io, ci ponevamo la stessa domanda: cosa avrebbe presentato l'armatore nella sua difesa?

Sicuramente i legali dell'armatore avrebbero studiato i capi di imputazione, le procedure legali dello stato in cui si svolgeva il processo, le testimonianze rilasciate agli organi di polizia doganale ed infine le motivazioni che hanno determinato il suo arresto. Erano intenti a capire la dinamica dei fatti e il loro svolgimento, preparandosi adeguatamente a ricercare obiezioni legali, cavilli procedurali, i quali avrebbero messo in evidenza la non conformità ai disposti del diritto internazionale. Le osservazioni ed i rilievi riscontrati, in sede dibattimentale, avrebbero reso non imputabile il loro cliente, tanto da scagionarlo in modo definitivo da ogni accusa.

Finalmente il giorno, d'inizio del processo, arrivò.

La sede del tribunale della città di Gibuti era in un piccolo edificio basso di colore chiaro tanto da produrre un riflesso fastidioso per gli occhi, constrigendoci ad usare gli occhiali da sole. Aveva grandi finestre sulle pareti perimetrali tutte aperte, il che faceva supporre che non vi era nessuna possibilità, di avere il conforto dell'aria condizionata. Al suo interno, di fronte all'ingresso vi era la postazione della corte dove erano in bella evidenza tre poltrone in pelle, di cui la centrale, aveva lo schienale più alto ed era riservata al Presidente. Entrati ci siamo sistemati nella postazione riservata ai difensori e agli imputati. L'armatore con i suoi legali in prima fila, il comandante, il suo secondo ed io immediatamente dietro.

La corte fece il suo ingresso nell'aula noi tutti ci siamo alzati. Era composta da tre magistrati di colore, i quali presero posto sulle poltrone a loro riservate, ordinando a tutti noi di metterci seduti. Prima di aprire la fase dibattimentale, il magistrato seduto sulla poltrona con lo schienale più alto, si presentò come il Presidente, e presentò anche i due giudici a latere. Chiese al comandante della nave, come ai quattro macchinisti della sala macchine, se erano in grado di capire la lingua araba. Alla risposta negativa, seguì la domanda se vi era nell'aula chi poteva tradurre ciò che veniva detto. Il comandante propose di avvalersi del suo interprete di bordo, il sig. Patrick Sukuromo, ma fece presente, alla corte comunicando: << L'anzidetto è il testimone della mia difesa. Inoltre, se tale ruolo, per la corte, non è in conflitto, il qui presente è parte in causa, visto che è stato linciato in modo brutale davanti quattro macchinisti, i quali sono stati testimoni del pestaggio violento anche dei due passeggeri, senza intervenire?>> Dopo una breve consultazione, i tre giudici accettarono me, come interprete, non solo del comandante, ma anche dei quattro meccanici della sala macchine, rei di aver partecipato al sequestro della nave ed accusati di tentato omicidio.

Mi munirono di microfono, avvertendomi che tutto quello che truducevo veniva registrato ed analizzato successivamente. Prima della formulazione dei capi d'accusa il Presidente della Corte ha comunicato l'avvenuta estradizione del generale e dei due complici in Ruanda. Il loro trasferimento era avvenuto con un elicottero dell'ONU, con a bordo agenti della polizia ruandese. Terminati i preliminari il Presidente della Corte comunicò i capi d'accusa al comandante per omessa denuncia di tre clandestini sulla nave, durante il controllo della guardia costiera yemenita; all'armatore di complicità, ai fini di lucro, del responsabile della morte di circa un milione di cittadini ruandesi di etnia tutsi; infine, ai quattro macchinisti rei di sequestro di persona, perpetrato nei confronti dei passeggeri, del comando della nave e di tutto l'equipaggio. Inoltre, i quattro macchinisti dovevano rispondere di tentato omicidio di sei militari della guardia costiera yemenita, legati ed imbavagliati e abbandonati nella loro motovedetta, alla deriva nell'Oceano Indiano.

La parola venne data alla difesa per la pronuncia delle loro posizioni.

Tutti si dichiararono non rei di quanto loro ascritto da notifiche ed imputazioni yemenite ed internazionali. I primi a prendere la parola furono i difensori dell'armatore, i quali presentarono un'immediata istanza di scarcerazione in quanto le motivazioni adottate, per questo provvedimento, non avevano la consistenza giuridica, né la motivazione prevista per l'adozione di una simile misura restrittiva. Il difensore aggiunse: << La reclusione nelle carceri del piccolo stato africano era da considerarsi una misura cautelare eccessiva. Infatti, essa, non presupponeva l'impossibilità, del loro assistito, di sottrarsi al giudizio processuale visto il sequestro cautelare della nave nel porto di Gibuti. Per quanto riguarda l'accusa di complicità, la riteniamo impropria e non attinente alla persona del nostro assistito, il quale, possedendo una nave non ha bisogno di compromettere il suo patrimonio con un accordo rischioso dagli esiti imprevedibili, come i fatti hanno dimostrato. Quindi, dobbiamo ritenere, la completa estraneità del nostro assistito nell'imbarcare siffatto personaggio, il quale, si è presentato come un perseguitato politico bisognoso di essere aiutato a lasciare il suolo africano, sfuggendo alla minaccia di morte sua, della moglie e della figlia. La richesta di denaro per questo imbarco, di dieci milionii di dollari, rimane una dichiarazione del generale non suffragata da niente, ma motivata dalla estrema circostanza a cui era costretto. Avrebbe promesso qualsiasi somma pur di lasciare, con la sua famiglia il posto divenuto ormai invivibile. Quindi la facilità con cui il comandante appoggiò la richiesta genera qualche sospetto e ci fa dedurre che il comandante sapeva chi saliva a bordo e proprio questa conoscenza ha influenzato lo scellerato accordo. Riteniamo, alla luce di quanto esposto, del tutto estraneo l'armatore per quanto è accaduto sulla sua nave. A sostegno di questa tesi, l'armatore salito a bordo della nave nel porto di Gibuti è stato informato del sequestro e si è anche accorto della condizione in cui erano costretti i passeggeri e tutto l'equipaggio durante la navigazione. La prima cosa che ha fatto, vista l'impossibilità di sbarcare i due passeggeri e l'interprete, qui presente, è stata quella di trovare un medico disposto a salire a bordo per curare in modo adeguato i feriti di cui due versano in gravi condizioni nell'ospedale di questa città. Tuttavia, si decise ad affrontare il generale, offrendogli uno sbarco immediato, con un elicottero e arrivare a Port Said, in Egitto per essere imbarcato su di un'altra nave con destinazione verso, un approdo europeo. Il nostro assistito ha insistito per convincere il generale ad accettare quanto gli veniva offerto e per tutta risposta ha ricevuto una minaccia di morte. È stato protagonista della liberazione della nave, rischiando la vita in questa azione, catturando tutti i responsabili del sequestro. Ora è davanti a questa Corte con una imputazione di complicità, la quale, avrebbe permesso la fuga del ricercato, consentendo a quest'ultimo ed ai suoi complici, l'anonimato e la totale impunità. Ci sembra impossibile ed incredibile questa imputazione. Pertanto, chiediamo per il nostro assistito la scarcerazione e il rientro nel pieno possesso della sua nave, riconoscendogli il danno commerciale e personale avuto da questa vicenda di cui non è parte in causa.>>

Il Presidente chiese al difensore d'ufficio, dei quattro macchinisti, quali erano gli argomenti a difesa, ed egli rispondendo disse: << In quanto rei confessi i quattro si rimettono alla clemenza della Corte.>>

Il Presidente diede la parola al comandante, il quale dopo la presentazione di sé stesso e del suo ruolo nella vicenda e di proprio difensore disse: <<Mentre si procedeva nella navigazione notturna, mi giunse una comunicazione telefonica da parte dell'armatore, qui presente, il quale mi diceva che una persona a lui molto cara era costrettto a lasciare il territorio africano e salire a bordo della sua nave. Aggiunse inoltre che la persona di cui si parlava era un perseguitato

politico e contro di lui, gli si era aperta la caccia, per trovarlo ed assassinarlo. L'armatore sapeva, quanto ero sensibile, a queste problematiche specie se si trattava di personaggi rappresentanti minoranze etniche, politiche e culturali. Accolsi con favore la richiesta dell'armatore e non feci nessuna domanda su chi e cosa rappresentava. Notte tempo fui raggiunto da un motoscafo d'altura e nella manovra di attracco mi accorsi che erano in tre a dover essere imbarcati. Dopo un attimo di smarrimento li accolsi a bordo confinandoli nella cabina numero 90 sul quarto ponte, per evitare attenzioni particolari nei loro confronti. Tutto l'equipaggio fu allertato per questo arrivo imprevisto, ma non vollero cenare recandosi direttamente in cabina. Il politico era accompagnato da due guardie del corpo, la prima si sistemò davanti alla cabina e l'altro all'interno. La loro sistemazione mi destò qualche sospetto, ma tralasciai ogni ulteriore considerazione, sapendo che l'occupante della cabina era una persona cara all'armatore. Fu il direttore di macchina a riconoscere, il generale, come uno dei responsabili del genocidio di un milione di cittadini ruandesi appartenenti all'etnia tutsi. Conferma ricevuta dal mio interprete, avendo ascoltato e tradotto, per espresso desiderio dell'armatore, i discorsi fatti ai suoi fedeli accompagnatori durante la colazione in cabina. Comunicazione agli atti del processo come prova testimoniale, scritta dall'interprete e disponibile per una vostra immediata consultazione. Lo stesso interprete ha riferito all'armatore un colloquio fra la moglie e il generale, in cui quest'ultimo diceva chiaramente la fine che avremmo fatto tutti noi, passeggeri ed equipaggio, a bordo della nave. Più volte il signor Patrick Sukuromo ha richiamato l'armatore a testimoniare come era stato ingaggiato e quale compito doveva svolgere a bordo della nave. Ma egli ha sempre negato di conoscerlo, manifestando un malevolo atteggiamento nei suoi confronti, nonostante lo avesse messo al corrente dell' intenzione, del generale e dei due accompagnatori, di uccidere tutti quelli che erano imbarcati sulla nave, di cui l'armatore non sarebbe stato un superstite.>>Uno dei macchinisti disse:<< Dovevamo capire subito che lui non avrebbe risparmiato neanche noi.>>Il Presidente richiamò il macchinista al silenzio, concedendo nuovamente la parola al comandante.

<< L'ispezione della guardia costiera yemenita, stava volgendo al termine, ed io ero dubbioso se denunciare i tre passeggeri clandestini oppure tacere, sapendo che una denuncia avrebbe comportato una condanna a morte senza un processo, dove non ci sarebbe stata nessuna

difesa. Come comandante non potevo consegnare i tre alla guardia costiera yemenita. Non ebbi il tempo di riflettere ulteriormente. I due accompagnatori erano riusciti a convincere i quattro macchinisti qui presenti, dietro lauto compenso, a mettere sotto sequestro la nave, liberando il generale chiuso nella cabina. Si sono armati scardinando l'armadio blindato dove erano custodite le armi dei due accompagnatori e quelle di emergenza previste dal codice della navigazione. Hanno disarmato i sei militari, imbavagliandoli, e con le mani legate dietro la schiena, sono stati abbandonati sulla loro motovedetta alla deriva nell'Oceano Indiano. Nonostante mi fossi opposto tenacemente all'abbandono dei militari, in balia delle tempeste oceaniche, le quali, avrebbero sicuramente capovolto il battello condannando a morte certa i suoi occupanti. Non ho nascosto nessuno, ho solo protetto individui che, seppure colpevoli di delitti aberranti, dovevano essere sottoposti ad un processo, il quale, avrebbe dimostrato, senza ombra di dubbio, la loro colpevolezza. Solo allora sarebbero stati dichiarati colpevoli, ricevendo la condanna e la pena, la quale, avrebbe reso giustizia ad uno stato mutilato di una parte della sua popolazione.>>

Quest 'ultima, affermazione del comandante, chiuse la fase dibattimentale e il Presidente con i due giudici a latere si ritirò dicendo: << La Corte si ritira, giusto il tempo per riascoltare le traduzioni registrate effettuate, dal sottoscritto, dopodiché sarebbero tornati in aula per comunicare le sentenze.

Dopo un'ora la Corte tornò in aula per pronunciare le sentenze; i quattro macchinisti furono condannati a 15 anni di carcere per aver partecipato attivamente al sequestro della nave e al tentato omicidio dei sei militari della guardia costiera yemenita, ritenendo la loro condotta a delinquere, Intenzionale, motivata solo da un arricchimento personale. La condanna sarebbe stata scontata nelle carceri della città di Gibuti.

L'armatore ebbe una condanna a dieci anni di carcere per aver programmato la fuga di un pericoloso latitante, ricevendone un illecito compenso di sei milioni di dollari dal generale. La cifra, corrisposta indica, in modo palese, non solo la conoscenza della persona, ma anche la ragione per salire a bordo della nave e dileguarsi, sottraendosi alla cattura e al giudizio della magistratura del Ruanda. Siffatta possibilità rende evidente il delitto di complicità criminale dell'armatore. La somma di sei milioni di dollari indebitamente percetti deve essere restituita allo Stato del Ruanda. Tale somma costituisce una misura risarcitoria, minima, a quanto era stato sottratto in modo predatorio, nei confronti dei cittadini ruandesi di etnia tutsi. Inoltre, la nave veniva dissequestrata, e rientrava nel pieno possesso dell'armatore, il quale, era costretto a pagare i diritti di approdo ed i servizi di molo, i quali ammontavano a 10.000 dollari mensili.

Il comandante fu assolto dall'accusa di omissione di dichiarazione, dei tre clandestini a bordo della nave, alla guardia costiera yemenita, ritenendo legittima la riserva adoperata. Infatti, la corte ha ritenuto preminente la tutela di un diritto del codice della navigazione internazionale che, sulla nave, il comandante è il responsabile ed il tutore dei diritti inalienabili di ogni singola persona imbarcata. Inoltre, la corte dispose che, durante il periodo di detenzione, comminato all'armatore, la nave sarebbe stata sicuramente danneggiata sia nell'estetica che nell'efficienza, pertanto riteneva utile dare, in gestione, all'attuale comandante, sempre che l'avesse accettata, la gestione della nave, affinchè potesse continuare a realizzare le crociere, restituendo annualmente i ricavi al netto dei costi allo Stato del Ruanda.

È stata una sentenza che non avrei mai ritenuto possibile in questi piccoli stati africani, dove il più delle volte personaggi, come l'armatore, sarebbero stati assolti senza tenere conto della verità, ma accettando un compenso corruttivo, il quale avrebbe tacitato le coscienze da ogni rimorso.

Ci siamo ritirati tutti sulla nave e anche questa volta, lo chef preparò un pranzo di quelli che non si dimenticano. Alla fine il comandante comunicò: << La sentenza del Tribunale di Gibuti, dove veniva offerta, per tutto il periodo di detenzione dell'armatore, la gestione della nave i cui introiti, al netto dei costi, erano da versare allo stato del Ruanda, ci poneva una scelta.>> Per il comandante era una prospettiva valida che consentiva ad ogni membro dell'equipaggio di avere il tempo di valutare con calma le opportunità future d'impiego senza l'assillo di ricercare, in un breve lasso di tempo, una nuova proposta di occupazione.<<Siete un equipaggio che, ogni comandante, vorrebbe sulla propria nave, competente, professionale e soprattutto altamente qualificato. Qualsiasi nota informativa, mi venisse richiesta non saprei dire qualcosa di diverso da quello che vi sto dicendo in questo momento. Senza nascondere il dispiacere di vedervi andare via, spero

per scelte migliori e più gratificanti. Se voi rimanete io sarò disposto ad accettare questo incarico, altrimenti non posso che augurarvi uno splendido futuro ricco di soddisfazioni professionali.>> Poi aggiunse: <<Prima di ascoltare le vostre scelte, mi rimane un obbligo, quale quello di ringraziare il sig Patrick Sukuromo per tutto quello che è riuscito a dare in difesa dei passeggeri, nella liberazione della nave, salvando la vita ad ognuno di noi. Soprattutto è stato l'elemento prezioso della mia difesa nel processo in cui ero accusato falsamente di complicità. So che vuole lasciare l'Africa per una meta europea ancora da definire. Non sa in quale stato arrivare, perché insegue un sogno fatto di bellezza, in ambienti urbani scintillanti, di benessere sociale, di rispetto personale senza essere il soggetto di condotte arbitrarie che tolgono tutto. Aspira ad avere tutto questo, ma per la gratitudine che gli riconosco, devo dirgli che il mondo dei sogni non esiste.

<<Arriverai in Europa, nonostante essa sia un continente dove, la religione ed il diritto hanno come principio fondante, il rispetto dei diritti umani, questo è lontano da ogni concreta applicazione. Rimane un comandamento per missionari, un dovere morale per tante persone, che, scendono di notte, nelle strade delle città europee, con un volontariato coraggioso, a dare conforto a quanti ne hanno bisogno. Sono considerati gli angeli della notte, e la loro azione è finalizzata a riconoscere l'umanità agli ultimi. È l'aiuto necessario per tutti coloro che sono stati costretti a rinunciare alla propria storia nei loro territori, troncando ogni relazione familiare e sentimentale per una speranza di vita e di futuro migliori. In Europa, ti sentirai un diverso, un emarginato, sfruttato, insultato per il semplice motivo di essere di colore nero. Sarai ultimo e quelli con lo stesso colore, della tua pelle, che, hanno avuto successo, sono delle rare eccezioni, eppure, anche a loro non sono risparmiati insulti razziali sprezzanti. Il tuo arrivo in Europa è ostacolato da leggi che negli anni hanno reso l'ingresso e la permanenza sempre più precarie e restrittive. Nei tuoi confronti alzeranno muri ideologici sempre più difficili da superare, con il solo scopo di arginare l'esodo di milioni di individui, i quali possono rendere certo il miscuglio razziale, la cui ibridazione, può dare generazioni più giovani, necessarie per fermare l'invecchiamento, sempre più progressivo, di questo continente. Dovrai cercarti un lavoro e ti offriranno impieghi che i nativi non vogliono fare, con un compenso irrisorio rispetto alle tante ore che lavorerai. Sarai considerato ultimo e rimarrai tale, perché a te è riservato il disprezzo, e nei tuoi confronti, si

deve manifestare l'indifferenza e l'insofferenza per cosa chiedete e cercate. Tu farai parte degli ultimi e cercheranno, in ogni modo, di allontanarti e se rimani non dovrai essere evidente. Dovrai operare un nascondimento identitario che non deve obbligare gli abitanti di queste città a darvi la vita che sperate, anzi vi verrà sottratto più di quello che vi è dovuto, senza provare nessuno, scrupolo e vi faranno vivere nell'indigenza umana più totale. Sarete costretti ad abitare costruzioni fatiscenti, abbandonate perché abusive o inutili, e questi agglomerati, sono diventate le periferie urbane degli ultimi, dove manca tutto, dalla rete fognaria, all'acqua corrente, all'elettricità, senza presidi sanitari e scolastici, dove la violenza, il proibito e l'illegalità sono le regole di una convivenza difficile da accettare. Vivrai insieme agli ultimi che hanno surrogato l'operosità rurale che i nativi non vogliono fare più. Agli ultimi, verranno affidati genitori anziani affetti da malattie incurabili o degenerative che richiedono assistenza continua, sia di giorno che di notte. Sono gli ultimi ad essere reclutati per lavori rischiosi, senza garanzia dove è facile morire per la mancanza di dispotivi di sicurezza. Sarai considerato un extracomunitario, un problema umano, ma anche politico che non tiene conto dei sacrifici e della sofferenza che affronta questa umanità, per avere una chance di vita senza la paura delle persecuzioni, della guerra, della fame, volute dagli apparati di potere, delle nazioni da cui scappano. Vivrai insieme ai superstiti delle traversate, schiavi dei tormenti dell'anima, patiti da madri, padri e figli, per l'impotenza vissuta, quando hanno incrociato gli occhi supplichevoli, dei loro cari, che ti chiedevano di essere difesi ed aiutati prima di annegare. Tutto diventa un ricordo inciso nella memoria ed il rimorso li distrugge giorno dopo giorno, mentalmente e fisicamente. Il viaggio che loro pagano, verso la speranza, rappresenta una macabra roulette, dove si punta sulla vita e solo alla fine si saprà quale sarà il premio, ma spesso, la morte prenderà la posta più alta. Proviamo tutti un ribrezzo assoluto quando un bambino è vittima delle passioni violente di genitori, dove l'atto vendicativo non termina con l'uccisione della donna, ma condanna anche i figli voluti con amore, alla stessa sorte. La morte di un bambino richiama la pietà umana e non si può essere indifferenti per la morte di altri bambini che migrano senza i propri genitori, annegando soli, perché affidati, con dolore a degli sconosciuti nella speranza ultima di dare a loro, una vita migliore. Quando il mare riporta il corpo esamine della piccola vittima, allora la nostra sensibilità viene scossa perché quella immagine richiama tutti a sentirci responsabili della tragedia umana della migrazione.>>

Dopo un momento di pausa disse:

<<Ora ti propongo un'alternativa: rimani con noi, ti conosciamo per quello che sei, ma anche per quello che dai, e sono sicuro, sotto il mio comando, avrai il rispetto di tutti passeggeri e dell'equipaggio. Non ci saranno distinzioni razziali, ma solo professionali e sono convinto che la tua esperienza, il patrimonio linguistico di cui sei in possesso, il tuo modo di essere disponibile faranno la differenza. Io penso che questo sia il tuo mondo, non è paragonabile a quello dei tuoi sogni, ma è la realtà del momento e con questo lavoro tu potrai essere il tassello che serve per costruire un continente   africano di cui il mondo ha bisogno.>>

Patrick Sukuromo è rimasto sulla nave "Ghibli "per dieci anni, poi con il ritorno dell'armatore tutto il personale è cambiato e dell'interprete si sa solo che è rimasto in Africa, e continua a essere quel tassello necessario a costruire l'unione degli stati del continente africano.

Ringraziamenti.

Un grazie alla mia famiglia per l'appoggio continuo nella stesura del racconto, un grazie al mio amico Giuseppe Cernelli per avermi sempre sostenuto ed aiutato, senza dimenticare il mio amico Enzo De Angelis divenuto il mio alter-ego per ogni mia perplessità e per tutte le questioni inerenti alla stesura del romanzo.

Un ringraziamento va anche alla casa editrice Gruppo Editoriale Writers Editor di Cristian Segnalini, per la loro incondizionata disponibilità.